I0664770

HORS GLACE

Les Coyotes de Chesterford #1

_____

RJ SCOTT
V.L. LOCEY

Translated by
ALEXIA VAZ

Love Lane Books

Hors glace (Les Coyotes de Chesterford #1)

Copyright © 2023 RJ Scott, Copyright © V.L. Locey

Couverture par Sarah Chreene

Corrigé (version originale) par Sue Laybourn

Traduit par Alexia Vaz

Corrigé par Lily Karey

Publié par Love Lane Books Limited

ISBN – 9781785646423

Tous droits réservés

Cette œuvre littéraire ne peut être reproduite ou transmise sous quelque forme que ce soit, ou par n'importe quel moyen, y compris la reproduction électronique ou photographique, en tout ou partie, sans permission écrite expresse. Ce livre ne peut être copié dans n'importe quel format, vendu ou transféré d'un ordinateur à un autre via un système de téléchargement sur un site de partages de fichiers, du type peer to peer, gratuitement ou moyennant un coût. Une telle action est illégale et en totale violation des droits d'auteur en vertu de la loi sur les copyrights en vigueur aux États-Unis.

Tous les personnages et événements de ce livre sont fictionnels. Toute ressemblance avec des personnes vivantes ou décédées serait pure coïncidence.

Les auteures reconnaissent le statut de marque déposée et de propriétaire des marques utilisées dans cette œuvre de fiction.

Dédicaces

À ma famille, qui m'accepte avec toutes mes manies et mes excentricités. Même la banane en plastique dans mon étui de revolver.

VL Locey

Comme toujours, à ma famille.

RJ Scott

Hors glace

Une histoire d'amour initiatique tournant autour du lycée, de la rivalité entre hockeyeurs, de l'amitié, de la famille et d'un coming-out.

Le monde de Soren change en un instant quand son frère cadet et lui sont adoptés par la royauté du hockey. Il est déjà assez difficile de comprendre la logique de cette nouvelle vie, mais quand il est inscrit dans une école privée, il doit affronter tout un tas de nouveaux problèmes. Naviguer entre l'amitié, la famille et le hockey, c'est une chose, mais être attiré par le garçon qui le contrarie est à un tout autre niveau.

Felix a une réputation à protéger. Il passe pour le gamin qui a tout ce qu'il veut, mais les apparences peuvent être trompeuses. En inventant des mensonges sur sa vie parfaite, il s'est créé un monde fantastique auquel il a lui-même commencé à croire. Seulement, il ne faudra pas longtemps pour que tout s'effondre et que ses jolis mensonges soient révélés. Son plus proche rival est l'unique personne qui voit clair dans sa douleur et qui le soutient.

La bagarre est facile, l'amitié est ardue, mais l'amour est le plus important.

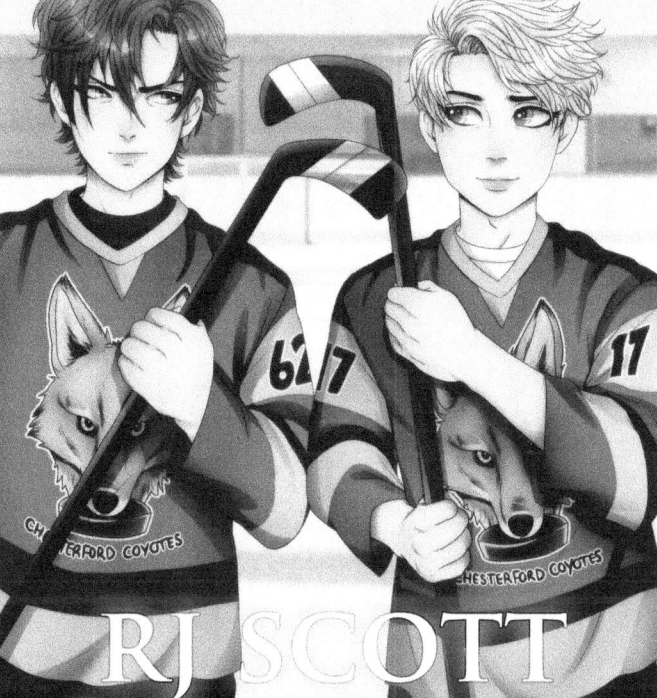

HORS GLACE

LES COYOTES DE CHESTERFORD 1

RJ SCOTT
V.L. LOCEY

Chapter Un

Soren

— ... UN BEL ÉTÉ PENDANT LEQUEL VOUS AVEZ PU PASSER DU bon temps tout en vous entraînant et en faisant autant de sport que possible. Bienvenue dans la clique du hockey lycéen. C'est une responsabilité non seulement pour vous, mais aussi pour votre famille et peut-être, plus important encore, pour l'académie de Chesterford.

Le coach Sennett marqua une pause en scrutant la pièce. J'avais entendu un discours similaire l'année dernière. Cependant, à cette époque, j'avais fait partie des petits nouveaux. J'ignorais quelle était ma place dans le monde et encore plus dans l'équipe.

— Souvenez-vous que ce que vous accomplissez sur la glace, ici, vous suivra pour le reste de vos vies. Ce que vous réussirez sur le plan académique vous suivra également. Nous avons perdu quelques-uns de nos dernières années, mais nous avons sélectionné de nouveaux visages et, tout d'abord, nous travaillerons dur pour nous unir en tant qu'équipe, puis je suis convaincu que nous nous entendrons aussi bien que les champions que nous pouvons être. Allez les Coyotes !

— Allez les Coyotes !

Nous criâmes et applaudîmes le discours du coach. Tout le monde respectait notre coach, car c'était quelqu'un de bien, de chaleureux et d'ouvert d'esprit avec tous ses joueurs. Il avait joué dans la AHL pendant dix-sept ans, et avait accepté ce poste après avoir pris sa retraite. Sa parole faisait loi.

Quand les autres coachs – tous les deux bénévoles –, le directeur de notre équipe de hockey du nom de monsieur Holley ainsi que notre entraîneur quittèrent les vestiaires, nous échangeâmes tous des regards. Ce dernier avait raison, il y avait effectivement de nouveaux visages, dont certains joueurs de première année qui avaient réussi à prendre les places libres dans l'équipe, mais il y avait plus de deuxièmes années – comme moi –, et c'était aux plus âgés d'aider les plus jeunes.

Shaun Stanton se leva et s'adressa à la pièce, grâce à sa position privilégiée de meilleur joueur de l'équipe, l'année dernière.

— Très bien. Connor Clooney, notre précédent capitaine, est désormais dans l'équipe universitaire. Nous allons donc devoir réfléchir et voter pour en élire un nouveau. Les votes auront lieu pendant les deux prochaines semaines, alors réfléchissez bien à la personne qui pourrait assumer ce rôle au mieux.

Il sourit aux petits nouveaux.

— Je sais que vous, les premières années, vous ne nous connaissez pas bien, mais nous sommes tous géniaux, intelligents et incroyablement beaux.

Nous gloussâmes. C'était évidemment vrai, mais nous savions tous que nous voterions pour faire de Shaun notre nouveau capitaine.

— Vous apprendrez à mieux nous connaître au fil des entraînements avant notre match d'ouverture de la saison contre les Hawks d'Altoona.

Nous huâmes en entendant le nom de l'une de nos équipes adverses. Les joueurs de première année se joignirent à nous, preuve que nous nous liions déjà. Le coach serait si fier. Souriant à cause des conneries que Shaun balançait, j'observai la pièce et fus heureux d'être de retour pour une autre saison. J'appréciais ce sport, et certaines personnes pensaient que mon but était sûrement de devenir joueur professionnel, étant donné que l'un de mes pères adoptifs – Tennant Madsen-Rowe – était le phénomène de sa génération et avait joué pour les Railers d'Harrisburg. Et c'était sans parler de mon autre père – Jared Madsen-Rowe –, qui était coach pour les Railers et jouait auparavant au niveau de la NHL. Pourtant, je n'étais pas certain que c'était ce que je souhaitais faire de ma vie.

J'aimais vraiment travailler avec les enfants, alors je pourrais peut-être devenir conseiller. Je savais ce que c'était de passer par le système avant d'avoir suffisamment de chance pour être adopté. Mais j'avais tout de même le temps de le découvrir. Comme le disait l'un de mes pères, Jared : « Inutile de décider de son futur avant même de savoir conduire ». Enfin, mon permis de conduire n'était pas si loin. J'aurais seize ans en octobre.

Mes parents adoptifs étaient cool. Jared était cool. Ten aussi. Je n'aurais pu demander de meilleurs pères pour Milo et moi. Je n'aurais pu avoir davantage de chance.

Un rire rauque me parvint du coin opposé quand Felix

Maxwell-Sinclair se mit à tenir salon. Argh. Ce mec était un véritable salopard et la seule personne de l'équipe de l'année dernière que je détestais. Je ne savais pas vraiment comment il pouvait patiner, avec sa grosse tête et cette crosse enfoncée si profondément dans son cul. Bien sûr, il était mignon, même canon, mais bon sang… cette allure ne rattrapait nullement sa personnalité merdique. Comme il était le mec le plus riche du campus, deux lèche-bottes le suivaient d'un pas lourd partout où il allait, et ils riaient d'une forte voix après toutes ses blagues. Compte tenu de la manière dont ce salaud regardait l'arrière du crâne de mon ami Tyler, je pariais qu'il venait de dire quelque chose de méchant.

Tyler – mon coéquipier ailier – discutait de choses et d'autres, mais il se retourna pour affronter Felix et rétorquer quelque chose. Ce dernier arborait ce ricanement qu'un jour quelqu'un mourrait d'envie d'effacer de son visage, et j'espérais être là pour en être témoin.

Alors que je pensais justement au visage de Felix heurtant le poing de quelqu'un, il bondit et poussa Tyler avant de sauter sur le petit gars qui tomba du banc et finit à terre. Je réagis instantanément et me retrouvai dans la mêlée en une seconde, faisant rouler Felix loin du corps de Tyler avec une charge qui aurait fait chuter n'importe quel Railers de ses patins. Enfin, pas vraiment, mais cela paraissait génial. Tyler était plus petit que la plupart des joueurs. Il était un démon de vitesse sur la glace, mais nous le protégions – je le protégeais.

— Lâche-moi, putain ! grogna Felix en se jetant sur moi alors que nous luttions pour prendre le dessus.

Il était fort. Il faisait environ la même taille et le même poids que moi, mais j'avais l'avantage. Du moins, c'était ce que je pensais. Il se retourna en un éclair et me frappa au niveau de la bouche. Mes dents de devant plongèrent dans ma lèvre inférieure et je perçus alors le goût du sang, ce qui me tapa sur les nerfs. Nous nous bagarrâmes au milieu des cris de nos coéquipiers, jusqu'à ce que je réussisse à le maîtriser. Ou presque.

Il était étalé sur le sol, son visage appuyé contre une paire de baskets mouillées accrochées devant un casier. Je posai mon genou sur son dos tandis que les autres mecs se ruaient sur Tyler pour l'aider à se relever.

— C'était quoi ce délire, Sinclair ? aboyai-je à Felix.

Nous n'employions jamais nos noms de famille complets, pas depuis qu'il avait décidé qu'avoir deux pères gays signifiait que je ne méritais pas d'hériter de leurs deux noms. Peu importait. Il détestait que je réponde de la même manière et c'était encore un défaut de plus chez cet idiot.

— Dégage de mon dos, Rowe ! grogna-t-il.

Il ajouta un autre commentaire, mais il fut difficile à déchiffrer comme son visage était écrasé contre une Nike gris et noir, immonde et détrempée, appartenant à l'un des mecs qui était venu ici en courant en traversant le terrain de sport trempé. Caleb les avait retirées pour essorer ses chaussettes, mais il devait encore habiller ses pieds puants. Pour une raison quelconque, il aimait nous entendre nous plaindre de la puanteur de ses panards. Ce mec était bizarre.

Manifestement, Felix avait utilisé une insulte homophobe, mais je ne pouvais être certain que ce soit le mot en P, bien que je l'aie déjà entendu l'utiliser auparavant. Il devrait y réfléchir à deux fois avant de l'employer devant moi. Ma nouvelle famille était totalement queer, tout comme moi et quelques autres joueurs. Le coach ne tolérait aucune insulte raciste, sexiste ou homophobe. J'avais déjà frappé Felix, longtemps auparavant, quand il avait commencé à raconter des conneries sur mes pères, mais j'avais fini dans un bureau avec mes nouveaux papas, à me demander s'ils allaient me renvoyer dans le système.

Bien sûr, ils ne l'avaient pas fait. Ils nous aimaient, Milo et moi, et voulaient que nous soyons leurs fils, aux côtés de leur fille. Nous étions une famille, c'était officiel. Pourtant, l'idée que je les décevrais me poussa sincèrement à essayer de ne pas m'en prendre à Felix et à ne pas le frapper.

Mais il avait sauté sur Tyler et ce n'était pas normal.

À travers ma tignasse qui devrait vraiment être coupée, je jetai un coup d'œil à Tyler et vis qu'il était debout et tremblait. Je ravalai mon sang, sautant loin de Felix avant de tituber pour rester debout et reculer de quelques pas afin de lui laisser suffisamment de place. Il se releva dans ses baskets luxueuses, ses cheveux blonds dans les yeux et de la boue étalée sur sa joue et sa bouche, puis il me fusilla du regard.

— Va te faire foutre, Rowe ! hurla Felix avant de passer le dos de sa main sur son visage.

— Que s'est-il passé ? demanda un membre de l'équipe.

Tyler commença à radoter sur les céréales de petit déjeuner. Il disait qu'il espérait que sa mère avait acheté du lait pour qu'il puisse se gaver de Chocapic en rentrant et qu'il pensait que Felix n'aimerait peut-être pas les céréales. Rien de tout cela n'avait de sens et je jetai un coup d'œil à l'intéressé quand il cracha par terre. Il poussa ensuite les gens pour sortir du vestiaire, sans jamais prendre la peine d'expliquer pourquoi il avait sauté sur Tyler.

— D'accord, donc Sinclair n'est manifestement pas fan du délice que sont les Chocapic, dis-je d'une forte voix dans l'espoir de désamorcer la situation.

Quelques mecs ricanèrent. Tyler me regarda et haussa ensuite les épaules. Je donnai un coup de langue sur ma lèvre fendue. Du sang en suintait encore. J'ignorais comment j'allais expliquer une lèvre fendue à mon père, quand il passerait me prendre dans quinze minutes, mais j'étais le roi de la réactivité. J'allais trouver quelque chose…

––––

– BON. Tu veux bien me réexpliquer ça ? demanda papa alors que je bouclais ma ceinture sur le siège passager.

Milo était assis à l'arrière, ses yeux marron écarquillés, et il me dévisageait ouvertement. Il allait également à l'académie Chesterford, mais le bâtiment de l'école primaire se trouvait de l'autre côté du grand parc verdoyant.

— J'ai trébuché en entrant dans la salle de classe, dis-je en jetant un coup d'œil à mon frère de dix ans sur la banquette arrière.

Ses yeux étaient aussi ronds que des enjoliveurs.

— Je suis un crétin.

— Tes pieds sont trop grands, dit Milo.

Son inquiétude sembla disparaître quand je lui lançai un sourire tordu.

Sourire me faisait mal, mais pour lui, je le ferais. Je me penchai ensuite encore plus sur mon siège pour adresser un clin d'œil à ma petite sœur, Lottie. Charlotte était entrée à l'école primaire cette année et elle lisait dans son siège auto. Cette petite fille lisait beaucoup. Constamment, même. Elle lisait surtout des mots simples, mais son vocabulaire grandissait de jour en jour. Elle venait constamment me voir pour que je lui lise de gros livres et nous passions des heures blottis avec des romans fantastiques – elle, Milo, notre chien Gordie et moi – sur le canapé de la salle de jeu. Nous découvrions des histoires de dragons, de héros et d'héroïnes et de palais mystiques flottant dans les nuages.

— Tes pieds puent, me dit Charlotte.

Je lui tirai la langue et elle gloussa.

— Soren, ta lèvre ? me demanda papa en me reconcentrant sur la lèvre enflée et le pur mensonge que j'avais décidé de raconter.

Il semblait inadéquat sur ma langue. Ou peut-être était-ce le goût nauséabond du sang séché. Non, c'était le mensonge. Totalement. Je défis donc ma cravate en soupirant.

— J'ai trébuché. Je regardais le nouveau pull de Chelsea Myers et…

— D'accord, inutile de donner plus de détails, dit Jared en faisant rouler ses yeux vers la banquette arrière.

— Pourquoi a-t-elle acheté un nouveau pull ? demanda Milo en essayant de récupérer quelque chose sous son rehausseur.

— Il est rose ? demanda Lottie derrière moi.

Elle était fan de rose. Cette semaine. La semaine dernière, c'était le violet. La semaine d'avant, c'était le rouge. Ce qui était la raison pour laquelle tout le monde, à la maison, se faisait de nouvelles manucures et pédicures toutes les semaines. Tous les trois, nous portions des uniformes de Chesterford rouge, noir et bleu. Les couleurs de notre école. Lottie portait une petite jupe plissée bleu foncé tandis que Milo et moi avions un pantalon. Les membres du conseil n'étaient-ils pas sexistes ? Franchement, on était dans les années cinquante ou quoi ?

— Non, il était blanc et soyeux, répondis-je tandis que Jared me regardait de travers. Chelsea a de très beaux… pulls.

— Hm-hmm, marmonna Jared alors que nous attendions que les enfants devant nous s'entassent dans leurs voitures. C'est bon de savoir que cette jeune femme a de jolis vêtements.

Jared était bi, comme moi, il comprenait donc cette histoire de jolies filles avec leurs pulls. Il en était de même pour son fils – mon demi-frère, désormais – Ryker, un joueur de la NHL qui était à la fois bi et marié à un homme gay. Comme Jared l'était avec Ten. Comme je le disais, notre maison était queer du sol au plafond.

— Oui, de très beaux pulls.

Je souris en visualisant Chelsea. Ouais, elle avait des pulls *incroyables*.

— Essaie de regarder où tu mets les pieds, plutôt que de t'occuper des pulls, la prochaine fois, dit Jared en s'éloignant du trottoir pour suivre un SUV doré loin du dépose-minute, devant le bâtiment de l'administration.

Les bus scolaires, disponibles pour les étudiants sur un certain rayon autour de l'école, étaient déjà partis pour la journée. J'avais été un peu en retard quand mon père était passé me récupérer à cause de l'entraînement de hockey ou plutôt de la présentation de « re-bienvenue au hockey » comme on pourrait l'appeler, selon moi.

— Comment s'est passée la réunion de retrouvailles des Coyotes ?

— Oh, c'était cool. Ouais, c'était chanmé.

— Chanmé. Bien. Tant que c'était chanmé.

Papa me sourit avant de tourner sur l'allée circulaire pour retourner vers Harrisburg et la maison. J'avais déjà des devoirs. Le premier jour d'école, les professeurs nous assommaient déjà avec du boulot. Bon, d'accord, je faisais partie des meilleurs élèves, mais devions-nous nous lancer dans des calculs mathématiques dès les premiers jours ? Non. C'était nul. Un peu comme Felix Maxwell-Sinclair. Peut-être que Felix était encore plus nul. Difficile de départager, honnêtement.

Chapter Deux

Felix

Soren Rowe pouvait aller se faire mettre.

Les gens me regardaient, parlaient de moi et me jugeaient, et c'était uniquement la faute de Soren.

Oui, j'avais sauté sur Tyler – en quoi cela regardait-il les autres ? Et encore plus Soren, qui avait probablement raconté à tout le monde la manière dont il m'avait poussé par terre et appuyé mon visage contre une chaussure de sport.

Trouduc.

J'inclinai le menton, ignorai tous ceux qui me dévisageaient et parlaient derrière leurs mains, et décidai lors de ce deuxième jour d'école que j'en avais déjà assez des conneries de tout le monde.

Tyler avait eu ce qu'il méritait, en pensant qu'il pouvait s'en sortir en toute impunité en s'adressant à moi comme si c'était normal. Savoir qu'il avait été présent *chez moi* hier matin, quand je m'étais réveillé, avait déjà été assez horrible, mais que sa mère ait été dans la cuisine en train de préparer des pancakes et de distribuer des céréales sucrées comme si elle avait été ma mère ou je ne sais quoi avait été comme une claque au visage. Elle était même allée trop loin en me demandant si j'avais bien dormi.

Maman n'était partie que depuis trois mois et j'étais dégoûté que papa se soit lancé si rapidement dans une autre relation, comme si son mariage ne signifiait rien. Avait-il vraiment besoin de faire dormir quelqu'un à la maison quand je venais tout juste de m'habituer au silence qui y régnait ? Parce que oui, il invitait une femme inconnue dans notre maison et, pire encore, elle avait été suivie de son satané rejeton.

Tyler Corrigan – le *gay*, avec ses cheveux pendants ridicules et ses broches arc-en-ciel – avait essayé de me parler uniquement parce que mon père se tapait sa mère, comme si cela m'importait qu'il respire, déjà. Au diable toutes ces conneries. Je n'avais pas envie et je n'avais pas besoin que quelqu'un dérange mes matinées ou vienne chez moi et discute des céréales du petit déjeuner, alors qu'une autre femme rendait visite à *mon* père dans notre maison.

Je n'avais aucune petite lueur d'espoir quant au fait qu'un jour maman serait de retour et nous formerions une foutue famille unie. Elle avait effectivement réussi à oublier que j'étais son *fils*, mais je pourrais y repenser un autre jour. Le divorce n'était pas encore finalisé, et même si je ne voulais plus jamais qu'ils se retrouvent dans la même pièce, car leurs disputes étaient démentes, ça ne signifiait pas pour autant que papa pouvait me forcer à supporter un autre gamin dans ma propre maison.

Miles et Jonah se pressèrent autour de moi – telles mes

barrières contre les murmures – et je me crispai quand le premier ricana.

— J'ai entendu dire que tu avais frappé Tyler, hier, et que c'était franchement marrant, dit Miles avec un sourire narquois à mes côtés. Quelqu'un, en cours, a dit que tu étais tombé la tête la première contre une chaussure de sport…

Je le fusillai du regard et il se calma instantanément, son mètre quatre-vingt-deux rétrécissant pour qu'il ne soit plus rien du tout à côté de moi. Il était peut-être bâti comme un bœuf – comme un défenseur au football américain – et avait une flopée de petites amies torrides, mais *son* père travaillait pour l'entreprise de *ma* mère, qui avait encore des bureaux à Harrisburg. Cela me conférait donc une position unique dans sa vie. Il en était de même avec l'autre moitié du duo qui me suivait partout – Jonah – dont la tante travaillait également pour ma mère. C'était grâce à cette relation qu'il était dans cette école. Ils n'étaient pas amis, à moins que je leur dise le contraire, et ils étaient tous les deux redevables envers ma famille et moi-même. Je n'avais certainement pas besoin que l'un des deux balance des commentaires insolents sur le moment où j'étais tombé sur le cul.

L'argent appelle l'argent, et Miles était un idiot, mais si Jonah et lui se taisaient ou me soutenaient dans tout ce que je disais et faisais, alors ils m'étaient utiles. Je n'avais pas envie de sortir avec des gens et je n'en avais pas besoin. Ils étaient donc une façade utile. J'avais besoin d'amis tout autant que j'avais besoin de Soren Madsen-Rowe intervenant au milieu d'une bagarre entre Tyler et moi, quand celui-ci l'avait bien cherché. Ma main était toujours douloureuse, à cause du coup de poing asséné sur la mâchoire de Soren, mais la satisfaction de l'avoir frappé valait toute la douleur avec laquelle je m'étais réveillé.

Je crois.

— Peut-être que c'est à Soren, que tu dois parler, me dit courageusement Jonah alors que j'avais averti Miles de la fermer rien qu'avec un regard noir.

Soren était l'unique personne, dans cette école, qui ne semblait pas se préoccuper de l'homme qu'était mon père ou du fait qu'il pouvait sûrement acheter et revendre ses nouveaux papas cinq fois consécutives. Il m'affrontait chaque fois qu'il en avait l'occasion, me tenait tête dans les couloirs, me donnait des coups de hanche sur la glace et, pire que tout, il s'en délectait, avec ses immenses yeux noirs, son sourire expressif et également ses cheveux ondulés ridicules qui volaient dans tous les sens.

N'avait-il jamais entendu parler du gel ?

Soren avait peut-être eu un coup de chance avec son adoption, en atterrissant parce qu'on avait pitié de lui chez la star de la NHL, Tennant Madsen-Rowe, et son mari, mais il n'avait pas le style, l'ambition ou même l'argent. Il n'était rien, au début, et il ne serait rien, en fin de compte. Tout de même, il me tapait sur le système et les conneries d'hier ne faisaient pas exception. Il m'avait éloigné de Tyler, m'avait foncé dessus, avait respiré devant mon visage, abîmé ma veste et, pire que tout, m'avait vaincu.

Uniquement parce que je ne l'avais pas vu venir.

Cela n'avait rien à voir avec le fait que c'était moi qui avais perdu le contrôle, au début.

Je repérai une nouvelle fois Tyler, près de son casier. Il était en train de frotter sa chemise – il avait encore renversé la moitié de son déjeuner dessus, comme d'habitude – et je me dirigeai dans sa direction en lançant un brusque « *avec moi* » à Miles et Jonah. Je n'étais pas idiot. Comme je ne voulais pas répéter ce qui s'était produit avec le reste de cette fichue équipe de hockey en cercle autour de moi, je vérifiai d'abord de chaque côté s'il était seul.

Je pris Tyler au piège contre son casier et fus amusé quand il pensa à me gratifier d'un sourire hésitant. Je fus plus satisfait quand un frisson de peur traversa son visage. Il devrait me craindre. Je n'avais qu'un mot à dire à mon père et sa mère quitterait son lit aussi rapidement que je pouvais le pousser contre le mur.

— Mon père peut bien baiser ta mère, grognai-je du fond de ma gorge.

Il grimaça, mais sembla ensuite se dégonfler.

— Il ne…

— Ferme-la.

Tyler était un gamin mince, sec, rapide sur ses patins pour notre équipe, mais j'étais plus grand et je pouvais le briser en un instant si personne n'était là pour se battre à sa place.

— Dis à ta dépravée de mère que si elle ose encore se ramener ou saccager notre maison, vous aurez des ennuis.

Tyler marmonna.

Je me penchai si près de lui que je sentis son souffle sur ma joue.

— Crache le morceau, lui intimai-je.

— Il est gentil avec elle, lâcha Tyler. Elle l'aime bien.

Je claquai ma paume contre le casier, qui trembla. Tyler écarquilla les yeux.

Je me retournai pour partir, Miles m'emboîtant le pas et Jonah trottinant pour me rattraper. Je choisis d'ignorer les mots murmurés par Tyler, même si je les avais clairement entendus. *Elle l'aime bien.*

Après un moment, Miles fut manifestement sur le point de briser le silence.

— Qu'est-ce qu'il s'est passé, exactement, entre ton père et la mère de Tyler ?

J'acculai Miles et enfonçai en doigt dans son torse.

— Rien. Tu m'as bien entendu ? *Rien.*

Il hocha la tête et je dévisageai Jonah, qui arborait une étrange expression qui changea rapidement quand il me surprit en train de le regarder. Nous partîmes ensuite tous les trois pour le premier cours de chimie de l'année, le plus nul de toute une liste nullissime. Au moins, en chimie, je n'avais pas besoin de m'inquiéter de Tyler, de Soren ou de tous les gamins qui ne lâchaient jamais l'affaire, car il s'agissait du niveau le plus facile et que j'avais réussi à manipuler l'administration pour rester dans ce cours-là. Je détestais cette matière et monsieur Anders, un salopard qui pensait pouvoir dire aux élèves ce qu'ils devaient faire comme s'ils étaient idiots.

Qui avait besoin de la chimie, de toute manière ?

Nous réquisitionnâmes le dernier rang et envoyâmes un petit nouveau se hâter au premier rang. Je sortis mes notes surlignées de l'année dernière et les parcourus rapidement.

— Très bien, interro surprise ! annonça monsieur Anders devant la classe.

Tout le monde râla. Il sépara une pile de feuilles contenant les questionnaires à choix multiples et demanda aux personnes de devant de les faire passer. Cela me donna le temps de vérifier une dernière fois mes notes dans mon cahier. Quand nous retournâmes la feuille, je donnai juste assez de bonnes réponses pour rester sous les soixante pour cent magiques, qui signifieraient un placement dans un cours où j'aurais vraiment besoin de travailler. Peu importait que je connaisse toutes les réponses ou que je puisse probablement être en cours de chimie avancée si j'essayais – comme c'était le cas pour l'anglais et les maths –, je n'en avais pas envie.

Quand la famille de votre mère avait fondé Sinclair-Staten Pharma, on s'attendait plus ou moins à ce que vous soyez doué en chimie.

J'avais besoin des maths. Malgré moi, j'avais besoin de l'anglais. Mais, encore une fois, étant donné que je ne voulais n'avoir aucun rapport avec Sinclair-Staten, qui aurait besoin de la chimie ?

Pas ce futur gestionnaire milliardaire de fonds spéculatif. Pas moi.

Nous en apprîmes plus sur les équations chimiques, pendant le cours – je crois –, mais je passai la majeure partie du temps avec mon ouvrage de référence relevé sur la table, gribouillant ou regardant mon téléphone tout en copiant les notes de base sur le tableau blanc. Les actions de Sinclair-Staten avaient atteint un niveau sans précédent – visiblement, les membres de ma famille maternelle étaient à *deux doigts* de devenir les nouveaux milliardaires du quartier. Bien sûr, ce n'était que sur le papier, mais l'entreprise n'était qu'à quelques centaines de milliers de dollars de la fortune de Rihanna. Gérer de l'argent était bien plus important que la musique. L'argent permettait de bâtir des communautés tandis que la musique gaspillait mon temps.

La cloche sonna et je me levai de ma chaise avant

même que le professeur nous autorise à sortir. Toutefois, monsieur Anders bloqua la porte.

— Un instant, Felix, me demanda-t-il.

Tout le monde passa à côté de moi, y compris Miles et Jonah quand monsieur Anders les mit à la porte. Il ferma derrière eux et me montra la table la plus proche.

— Assieds-toi.

Je regardai ma montre avec beaucoup d'insistance – ma montre extrêmement chère qui coûtait plus que le salaire de l'enseignant –, puis je feignis de réprimer un bâillement avant de m'asseoir.

Monsieur Anders parcourut les différents questionnaires et sortit celui sur lequel mon nom était écrit.

— Alors, tu as correctement répondu que la formule chimique du dioxyde de carbone était le CO_2.

— Ouais.

Cette question-là était si facile que je savais qu'il n'y avait aucun risque à donner une bonne réponse, même si elle ne s'était pas trouvée sur ma brève antisèche. Il inclina la tête et la rancœur me transperça.

— Oui, monsieur, marmonnai-je avec aussi peu de respect que je pouvais en démontrer.

Il haussa un unique sourcil.

— Puis, un peu plus loin, tu as répondu à la question sur le point critique de la pression de l'eau.

Je n'entendis que le mot « eau », donc oui, H_2O, c'était une autre question facile et on s'attendrait à ce que j'aie la bonne réponse, à ce niveau.

— Oui, monsieur.

— Tu te rappelles avoir choisi cette réponse ?

— Oui, monsieur.

— Tu as véritablement étudié et tu as choisi la bonne réponse grâce à tes nombreuses connaissances sur l'eau.

— Oui, monsieur.

Où voulait-il en venir ?

— L'une des questions les plus difficiles du questionnaire. Tu ne l'as pas deviné ?

Merde. Attendez. Quoi ? M'étais-je foiré en donnant la bonne réponse à l'une des questions plus compliquées ?

Il hocha la tête. Son expression était insondable.

— Et pourtant, pour la question suivante sur la formule chimique de l'eau, qui est probablement la plus facile, tu t'es trompé.

Je réfléchis rapidement.

— J'ai deviné les réponses, mentis-je en commençant à creuser mon propre trou.

Il s'esclaffa.

— Toutes les réponses ?

— Toutes.

Il me scruta un instant, ses yeux perçants d'enseignant voyant clair dans mon jeu.

— Je vais recommander ton passage dans une classe de niveau supérieur.

Je me redressai sur ma chaise.

— Vous allez faire quoi ?

— Tu n'as pas plus besoin de ce cours de soutien que je n'ai besoin de ton attitude passive et de tes yeux tournés vers la fenêtre pendant mon cours, résuma-t-il en attendant que je réponde.

Je n'avais qu'une envie : péter les plombs. Devoir assister à des cours de sciences et réellement travailler était comme une claque en plein visage, mais cela m'effrayait également et je détestais cette sensation. J'avais peut-être une mémoire semi-photographique, mais j'allais devoir travailler sur une matière que je détestais, dont je n'avais pas besoin et pour laquelle je pourrais échouer.

Les hommes Maxwell-Sinclair n'échouaient pas.

— Ma mère a donné de l'argent pour le bâtiment des sciences, vous savez, tentai-je un peu par désespoir.

— Et tu ne t'en sers pas suffisamment, répliqua monsieur Anders aussi rapidement.

Maudit soit-il.

Ma poitrine se comprima, mon pouls accéléra et l'émotion brouilla mes pensées. Il me dévisageait comme s'il s'attendait à ce que je me batte et je sus qu'il n'allait pas céder. J'allais donc conserver mon esprit combatif pour un autre jour.

— C'est tout ? demandai-je avec une politesse réfléchie.

— Oui. Tu trouveras les détails de ton nouveau cours dans ton dossier, sur Internet. Tu devras étudier certaines choses pour te mettre au niveau, mais c'est une nouvelle année et tu prends un nouveau départ.

J'avais les doigts enroulés autour de la poignée, sur le point de réussir à m'échapper, mais clairement, il avait envie de me titiller avec autre chose.

— Tu sais quoi ? Tu pourrais être brillant dans tous les domaines, si tu t'y intéressais suffisamment.

Je me hérissai, mais ne m'arrêtai pas pour lui répondre. Je me contentai de sortir et de fermer la porte derrière moi.

J'étais déjà brillant, j'étais *né* pour briller.

Tandis que je restais immobile, Soren passa à côté de moi, son groupe d'amis autour de lui. Ils étaient comme un gang, comparés à mes deux acolytes qui m'avaient attendu à l'extérieur de la salle. Les potes de Soren fourmillaient en discutant d'une voix forte d'un genre d'événement caritatif au hockey. J'avais beau être dans l'équipe, je n'en avais pas entendu parler. Je devinai donc que cela avait un rapport avec les deux nouveaux pères de Soren.

Bien que je m'en moque.

Il croisa mon regard et secoua légèrement la tête, comme s'il était déçu de me voir, et je ne manquai pas de remarquer la manière dont Tyler se décala pour se cacher derrière lui. Soren passa un bras autour de ses épaules, comme s'il se fichait de savoir que les gens le voient étreindre le garçon frivole aux cheveux roses.

Presque comme s'ils étaient de véritables amis.

Chapter Trois

Soren

— Bon, c'est quoi le problème perpétuel de Felix, exactement ? me demanda Courtney alors que nous rejoignions notre cours de chinois avancé.

Ma meilleure amie leva les yeux au ciel avant de faire éclater bruyamment une bulle de son chewing-gum au goût raisin. Tyler sursauta littéralement. Le pauvre n'était pas le lion le plus courageux de la savane, mais il essayait et c'était tout ce qui comptait.

— Ce gamin n'a aucune personnalité à part celle d'un trouduc coincé portant l'uniforme d'une école élitiste.

— Nous portons tous l'uniforme d'une école élitiste, lui rappelai-je alors que nous laissions Tyler à son cours de trigonométrie.

Nous nous rendîmes ensuite dans l'aile du lycée dédiée aux langues et saluâmes Asher qui partait en cours d'espagnol.

— Je sais, mais on les enlève quand on rentre chez

nous. Il porte probablement encore les couleurs de Chesterford quand il va se coucher. Il se branle probablement en rêvant du vieil Alistair Chesterford avec sa perruque poudrée et ses chaussures à boucles.

Son commentaire me fit ricaner.

— Il retire son uniforme le soir.

Elle me regarda.

— Non, je ne l'ai pas personnellement vu. Je ne l'ai jamais vu dans son lit ni rien.

— J'espère bien que non, répliqua-t-elle alors que nous entrions dans la classe.

Nous nous glissâmes sur nos chaises au premier rang, à côté des fenêtres. Je m'asseyais toujours près des fenêtres. J'aimais ressentir le soleil briller sur un côté de mon visage et observer la nature. Je n'avais pas réalisé à quel point j'aimais être en extérieur, jusqu'à mon adoption. Désormais, nous avions un immense jardin dans lequel jouer et nous partions en excursion camping pendant l'été. J'allais plus ou moins détester ça quand le camp d'entraînement commencerait pour nos pères, en octobre. Ils seraient constamment sur la route et nos grands-parents s'occuperaient de nous. Non pas que je détestais les parents de Ten. Je les aimais. Ils étaient aussi cool que pouvaient l'être d'aussi vieilles personnes.

— Je t'en prie, comme si ça m'intéressait.

Je sortis mon manuel tandis que Court commençait à blablater du hockey sur gazon. Elle espérait que leur premier match ne serait pas contre Carlisle, comme elle était sortie avec l'une des filles de cette équipe l'année dernière pendant environ cinq jours. Danna ? Doris ? Daisy ? Je ne m'en souvenais pas. Courtney aimait les touffes. D'herbe. Du hockey sur gazon. Beurk. Vive les blagues avec le nom de ce sport.

Madame Chen entra dans la salle de classe et sourit aux élèves qui lui étaient familiers. Être en cours de chinois avancé n'était pas chose facile. Généralement, les premiers cours étaient réservés aux élèves de terminale, afin de les préparer aux cours de langue universitaire. Néanmoins, j'avais un don pour les langues et Courtney était d'origine chinoise du côté de sa mère. Son père était un joueur de la NBA qui lui avait transmis sa peau noire et ses longues jambes. Et son don pour la conversation. Son père pouvait casser les oreilles d'une statue de glace, comme mon père aimait le dire. Elle parlait mandarin chez elle, donc ce cursus était un jeu d'enfant, pour elle et l'aidait à maintenir sa moyenne au même niveau que nous autres, les sales gosses mondains.

Alors que nous nous plongions dans notre premier devoir – lire la une d'un journal de Shanghai pour nous remémorer ce que nous avions appris l'année dernière –, je me concentrai sur l'histoire d'un homme et d'un chat. Mon mandarin était un peu rouillé, car je ne l'avais pas employé de tout l'été, mais il était encore intact. Ou presque. Court m'aida quand je fus coincé, tout en jetant des coups d'œil à son portable.

— Je vais bientôt faire du gringue à Brice, chuchota ma meilleure amie.

Je baissai les yeux vers ses cuisses. Oh, d'accord, Brice. De l'équipe de basket. Oui, je le draguerais aussi, s'il n'était pas hétéro et déjà aux trousses d'une fille du nom de Bianca, la cheffe du club de mode. Oui, nous avions tous genres de clubs ici, qui n'avaient aucun rapport avec le sport. Les échecs, la mode, le journal de l'école, les jeux vidéo – club dont je faisais partie –, la cuisine, les films, la photographie, l'alliance queer – dont je faisais aussi partie –, ainsi qu'une centaine d'autres. Chesterford aimait les activités extrascolaires. Beaucoup. D'après mon conseiller, elles amélioraient nos compétences de leader. Elles donnaient aussi bonne impression dans nos dossiers d'inscription à l'université que nous enverrions tous dans un an ou deux.

— Je croyais qu'il tournait autour de Bianca, répondis-je en cachette.

Mon regard dévia vers madame Chen, à son bureau. Cette femme était âgée, ses yeux étaient noirs et ses cheveux coupés au carré. Elle portait toujours des robes fleuries avec une ceinture.

— Oui, c'est vrai, mais il ne l'intéresse pas. Elle en pince pour Duante, ce mec de l'équipe de baseball avec les cheveux roux ?

Je secouai la tête et tentai de me concentrer sur les mots devant moi.

— Tu vois de qui je parle ?

— Non. C'est quoi, ce mot ? demandai-je en tapotant le journal froissé sur ma table.

— Constructeur de navires, répondit-elle après avoir jeté un coup d'œil sommaire au journal. Duante est ce roux de l'équipe de baseball. Il est mince, grand et aime tout le temps porter des bobs à imprimés tropicaux.

— Oh, d'accord, ouais, je vois de qui tu veux parler. Alors, ça dit que le constructeur de navires a trouvé son chat sous une baleine ?

— Quoi ? Laisse-moi voir.

Elle retourna ma page avant de glousser.

— Andouille. Non, mais franchement, comme si le chat

pouvait être sous une baleine. Tu es un vrai loser. Ce mot, c'est quai. Tu vois ?

D'accord, oui, ça sonnait plus vrai.

— Merci. Au fait, tu prévois toujours de me retrouver pour la partie en direct des *Chevaliers au casque vert* ce soir, à vingt heures ?

— Bien sûr que je jouerai avec toi. Mais je dois d'abord faire mes devoirs, alors ne m'envoie pas de SMS tout l'après-midi comme tu as l'habitude de le faire.

— *Moi* ? Meuf, tu es paumée. C'est toi qui m'envoies des mensonges sur des personnes quelconques avec qui tu as envie de coucher.

Elle eut la décence de rougir, mais rien qu'un peu.

— La vie est courte, Soren. Pourquoi ne pas en profiter tant qu'on le peut ? On sera tout flétris et on aura la trentaine avant même de nous en rendre compte.

— C'est vrai.

— Monsieur Madsen-Rowe, mademoiselle Dunn.

Nous nous tûmes quand l'enseignante appela nos noms. Elle nous demanda ensuite, en mandarin, si nous parlions de l'article du journal, question à laquelle nous répondîmes *oui*, car cela avait presque été le cas.

— Bien, répondit madame Chen en anglais. Alors, ça ne vous dérangera pas de vous lever et de lire vos articles devant la classe.

Ouais. Deuxième jour, et je m'étais déjà fait remarquer. Manifestement, cette année commençait follement bien.

JE L'AVAIS PRÉDIT.

En cours de chinois avancé, j'avais prédit que les

choses dégénéreraient et j'avais eu raison. Vive Soren. Hourra.

Aujourd'hui, lors de mon troisième cours, celui de chimie, je m'étais retrouvé derrière la grosse tête prétentieuse de Felix Sinclair. Comme si l'avoir dans mon cours d'anglais avancé après le déjeuner n'était déjà pas assez horrible, voilà que maintenant, il était aussi dans ma classe de chimie ? Qu'avais-je fait pour mériter ça ? Avais-je marché sur une fourmilière quand j'avais traversé la cour en trottinant pour arriver en classe à l'heure ? Un Soren, dans une vie passée, avait-il commis un genre de folie meurtrière infâme à travers Londres, et j'en payais désormais le prix en devant supporter ce crétin pendant deux cours, en plus du hockey ?

Heureusement, Felix ne se retourna pas pour me dévisager comme il le faisait toujours, comme si j'étais du vomi de chat dans lequel il avait marché. Quand la cloche sonna, il se rua hors de la salle de classe pour retrouver ses acolytes Con et Nard dans le couloir. Je les ignorai en me frayant un chemin jusqu'à mon prochain cours, leurs commentaires idiots sur mes parents ne m'agaçant que légèrement. Tout le monde connaissait l'histoire de Milo et la mienne. Nous étions de pauvres gamins du système, adoptés par la royauté du hockey. Nous avions été récupérés dans une benne à ordures par des stars du sport. Ils nous avaient habillés de beaux vêtements et nous avaient envoyés dans l'école privée la plus prestigieuse de la métropole d'Harrisburg.

— Je sens encore l'odeur de la caravane sur lui.

Voilà ce que Felix aimait me dire chaque fois qu'aucun adulte n'était dans les parages pour l'entendre. Le lâche. J'avais vécu dans un parc pour caravanes, effectivement.

J'avais vécu un peu partout, quand j'étais gamin, et oui, j'avais porté des vêtements usés donnés par des œuvres de charité et mangé grâce aux aides du gouvernement. Et alors ?

Le déjeuner fut mon unique rayon de soleil quand je rejoignis l'équipe de hockey pour manger, sans Felix, bien sûr, car il ne mangeait jamais avec nous. Courtney était là, ainsi que certaines filles du hockey sur gazon, et nous passâmes un bon moment en riant un peu et en mangeant de la bonne boustifaille. Les avantages d'une école privée étaient la qualité de l'éducation et de la nourriture. Sérieusement, les plats étaient incroyables, ici. Aucun élève de Chesterford ne partait en ayant faim, comme cela avait été le cas pour Milo et moi quelquefois par le passé. Aujourd'hui, nous avions des spaghettis au blé complet avec des boulettes végans, une salade de roquette avec du parmesan, une salade de chou avec des cranberries et des amandes, un morceau de pain complet, le tout accompagné de lait ou de jus de fruits. En dessert, nous avions une poire rôtie à la cannelle. Parfois, je devais me rappeler que c'était ma vie, à présent.

La poire et la compagnie m'aidèrent à faire passer le goût qu'avait eu la présence de Felix dans mon cours de chimie. Rester derrière lui et sentir le gel douche, le shampoing et le parfum à l'odeur de noix de coco épicée dans lequel il se baignait avait été un enfer.

Je mis mon sac à dos sur l'une de mes épaules et me levai.

— N'oubliez pas de vous joindre à nous pour la diffusion, ce soir, d'accord ? demandai-je à tout le monde autour de la table.

La cafétéria était bruyante, baignée de soleil et remplie d'adolescents qui ne cessaient de se faire des œillades.

— Si vous ne pouvez pas vous y attarder, garder l'onglet ouvert sans participer. On espère attirer de nouveaux spectateurs pour passer le millier d'abonnements, alors parlez-en à vos amis, OK ?

Ils répondirent tous qu'ils allaient regarder ou garder la fenêtre en fond pendant qu'ils étudiaient. Je cognai le poing de tout le monde le long de la table, mais m'arrêtai pour faire un double salut de meilleur ami avec Courtney, avant de trottiner à l'étage jusqu'à l'aile des cours d'anglais. Les cours d'anglais avancés étaient donnés par monsieur Russell, un mec qui était déjà vivant quand Shakespeare écrivait des sonnets. Sans déconner, ce professeur était une antiquité. Il était gentil, mais bon sang, comme il était vieux. Parfois, il piquait du nez pendant les cours avant de renifler ou de ronfler si fort qu'il se réveillait. Les leçons étaient donc franchement décontractées.

L'année dernière, j'avais tout déchiré en faisant un minimum d'efforts, j'étais donc prêt à tout recommencer. Seulement, quand j'entrai dans la salle 312, je me retrouvai face à quelqu'un qui n'était pas monsieur Russell. Ce mec était plus jeune, ce qui n'était pas très difficile, mais il me sourit quand je m'arrêtai brusquement dans l'embrasure de la porte.

— Tu es dans la bonne salle. Je suis monsieur Russell.

Je clignai des yeux avant de regarder derrière moi pour vérifier si j'avais traversé un genre de portail temporel digne de *Dr. Who*. Non, j'étais toujours dans le vieux couloir, des étudiants se hâtaient dans tous les sens et des posters étaient accrochés aux murs pour promouvoir des matchs et des bals à venir.

— L'ancien monsieur Russell est mon père, il a pris sa retraite cet été. Je suis son remplaçant. Je t'en prie, entre, assieds-toi et dis-moi ton nom.

— Euh. Soren Madsen-Rowe, bafouillai-je en cessant de regarder l'homme joyeux en pull sans manches – oui, il était de la famille du vieux monsieur Russell, c'était certain – pour trouver une table libre.

Juste à côté de Felix Maxwell-Sinclair. Celui-ci me fusilla du regard comme s'il me défiait de m'asseoir à côté de lui. Je plantai donc mes fesses sur la chaise à sa gauche et lui lançai mon plus grand sourire. Il me fit discrètement un doigt d'honneur.

La cloche sonna. Monsieur Russell ferma la porte avant de se tourner face à nous. Les verres de ses lunettes étaient tachés, mais cela ne semblait pas le déranger.

— Merveilleux ! Quel charmant groupe de visages joyeux ! s'exclama-t-il avec enthousiasme.

— Oh, merde alors, c'est un guilleret. Que Dieu me préserve des profs guillerets, marmonna Felix dans sa barbe.

Je ne pouvais qu'être d'accord. Les enseignants guillerets étaient simplement trop... guillerets. Enfin, s'il s'agissait de la classe de Milo ou celle de Lottie, en primaire, pourquoi pas. Mais un cours d'anglais avancé pour les élèves de deuxième année de lycée ? Mec, non.

— Je sais, c'est une nouvelle année et vous vous retrouvez face à un nouveau professeur, mais ne vous inquiétez pas. J'ai préparé tout un tas de projets amusants pour nous, cette année, comme je l'ai souligné dans le syllabus publié en ligne. Vous l'avez tous lu, bien sûr ?

La classe entière marmonna un oui, mais je pariais mon ordinateur dédié aux jeux vidéo que pas un élève ici n'avait lu ces informations. Moi, je ne l'avais pas fait.

— Parfait! Nous allons donc commencer tout de suite avec notre premier devoir. Comme vous l'avez vu sur le syllabus, nous allons créer nos propres magazines!

Monsieur Russell était si enthousiaste que je crus qu'il allait s'embraser. Quelques étudiants applaudirent.

— Je vous ai tous mis en binôme pour ce projet. Je veux que vos magazines soient complets et prêts à lire devant la classe pour Halloween. Vous trouverez tous les détails en ligne, vous aurez donc le nombre de pages souhaité et les exigences pour le format. Je sais que vous êtes tous super créatifs, alors époustouflez-moi avec vos magazines. S'il vous plaît, préparez les grandes lignes pour lundi prochain. Et non, vous n'avez pas le droit de créer quoi que ce soit de pornographique ou d'offensant. Vous pouvez peut-être créer un magazine de voyage ou de mode! Ou si les sports vous passionnent, vous pourriez faire un magazine de sport, avec des interviews des joueurs et entraîneurs de nos fabuleuses équipes de Chesterford! Le ciel est votre seule limite.

— On peut faire un numéro sur les maillots de bain? demanda Pete Murkowski.

Le visage de monsieur Russell prit une teinte de rouge que je n'avais vu que sur une betterave.

— *Sports Illustrated* le fait, renchérit Pete.

— Non, pas de numéro sur les maillots de bain, toussota monsieur Russell. Bon. Quand j'appelle votre nom, allez vous asseoir avec votre partenaire, s'il vous plaît. Belinda Hayes et Lucy Marlow. Peter Murkowski et Gwendolyn Marks-Lloyd…

Je m'enfonçai sur ma chaise. Une peur paralysante me saisit alors que les binômes d'élèves étaient rapidement créés. Quand il ne resta plus que Felix et moi, je grognai sérieusement au moment où nos noms furent appelés et désignés comme faisant partie d'un duo créatif.

— C'est le bouquet après cette journée vraiment merdique, souffla Felix.

Le monde devait être en train de courir à sa perte. C'était la deuxième fois en une journée que j'étais d'accord avec une déclaration de Felix Sinclair, dit Le Snob.

Chapter Quatre

Felix

— Nous devons discuter de ce que nous allons faire, dit Soren alors que nous étions restés assis en silence pendant une éternité (même si cela n'avait probablement duré que quelques secondes).

Il était hors de question que je brise ce silence entre nous, car je ne savais pas du tout quoi dire. Je jetai un coup d'œil à ma montre. Il restait dix minutes de ce cours d'anglais pitoyable. Monsieur Russell, aussi dynamique qu'un chiot, s'était penché au-dessus de nous pour nous parler de l'inspiration, du travail d'équipe et des idées. Il souhaitait qu'au moins un binôme se concentre sur l'école, car, apparemment, elle avait une histoire vraiment-super-excitante-et-stimulante. Personne n'avait accepté sa suggestion, pour l'instant, et il était impossible que ce soit *Soren* et moi.

En parlant de lui, il avait été le premier à prendre la

parole, mais tout ce qu'il avait dit, c'était que nous devions discuter.

— Sans déconner, Sherlock, marmonnai-je.

Il s'enfonça sur sa chaise et me lança un regard qui aurait pu briser des hommes plus fragiles, mais j'étais un Maxwell-Sinclair, nous ne cédions devant rien. Pas même devant un indigent qui se prenait pour un prince. Je le dévisageai donc avant de regarder une nouvelle fois ma montre. Huit minutes.

— Waouh, souffla Soren avant de se pencher vers moi. Oh mon Dieu !

Il claqua une main contre sa bouche et sa vive exclamation poussa nos camarades à nous regarder.

— C'est une montre hyperchère ?

Sa bouche formait un *O* comme s'il était émerveillé, mais je voyais bien que cela ne se reflétait pas dans ses yeux. J'étais convaincu qu'il essayait de me provoquer.

— C'est quoi ton délire ? demandai-je.

C'était la version courte de : laisse-moi tranquille, trouduc, il ne nous reste que huit minutes.

Il tendit la main et remonta exagérément la manche de sa chemise, avant d'agir comme s'il inspectait sa montre premier prix. Il inclina le poignet d'un côté puis de l'autre, comme si elle était incrustée des bijoux de la couronne.

— Regardez-moi tous, je regarde l'heure sur ma montre horriblement chère.

Il fit de nouvelles rotations du poignet avant de laisser retomber sa main sur le bureau. Il consulta ensuite une nouvelle fois sa montre.

— Oh, regardez, il est une minute de plus que tout à l'heure.

Quelqu'un ricana et je lançai un regard noir dans une

direction vague, au cas où il s'agirait d'une personne que je devrais intimider. Il ne s'agissait que de Pete Murkowski, mais il devrait être plus malin que ça. Il se calma immédiatement tandis que je faisais face à Soren et inclinais le menton.

— Je suis surpris que ton tas de merde fonctionne. Les piles ne s'érodent pas dans les poubelles, d'habitude ? lançai-je d'un air impassible.

Soren me jeta un coup d'œil et je me crispai une seconde, car ce mec avait une certaine expression. Toutes ses émotions en surface n'étaient qu'un dédain glacial envers moi et je crus qu'il allait peut-être me frapper. Il s'enfonça plutôt sur sa chaise et repoussa ses putains de cheveux parfaits de son putain de front parfait.

— Touché.

Il souligna ensuite ses mots avec un sourire narquois.

— Bref, revenons-en à nos moutons.

Il tapota la feuille de papier vierge et haussa un unique sourcil d'un air interrogateur.

— Et ?

— Et quoi ?

Il soupira.

— Tu as des idées ?

— Aucune.

Je mentais. J'avais des millions d'idées et les poèmes étaient au centre de tout. Ou peut-être les sonnets de Shakespeare, comme il s'agissait du cours d'anglais avancé, mais il était hors de question que j'expose ainsi mon ventre devant Soren comme un chiot.

— Eh bien, le truc le plus simple serait de se concentrer sur le hockey, suggéra-t-il. On pourrait parler de l'équipe de hockey grâce à notre expérience et on pourrait faire une interview de mes pères ou…

— Non.

Mon Dieu, c'était douloureux pour moi de le dire. L'idée d'interviewer ses pères, et particulièrement Tennant Madsen-Rowe ou n'importe quel joueur des Railers, en réalité, m'emporta dans un tourbillon d'enthousiasme. Tout de même, l'idée que Soren ait une raison de me regarder de haut m'était abjecte.

— Alors quoi ? demanda-t-il en soupirant.

— Discutons de la gestion de fonds de placement. On pourrait interviewer quelqu'un de vraiment riche et non pas des *sportifs* foireux.

Je souhaitais interviewer quelqu'un qui possédait une fortune conséquente, afin de pouvoir apprendre à être comme lui – à devenir meilleur. Je n'avais aucune excuse pour cela, car être intouchable et riche, gagner plus d'argent, conduire une voiture plus rapide et même, merde, avoir une famille qui restait unie étaient des buts qui me faisaient avancer dans la vie.

Soren se pinça les lèvres après ce commentaire sur les sportifs.

— C'est cool, le hockey.

— C'est cool, l'argent.

— Tu parles comme un salaud de gosse de riche, marmonna Soren.

— Tu es jaloux ? rétorquai-je.

Il leva les yeux au ciel.

— De toi ?

Soren m'observa de la tête à la taille avant de remonter, puis sa lèvre se retroussa.

— Loin de là.

Je me hérissai. Les gens *étaient* jaloux de moi, alors pourquoi était-il si différent ? J'avais *tout*, comparé à tant d'autres personnes, et je m'attendais à ce que mes camarades m'envient. Pourquoi Soren était-il si déterminé à ne me montrer aucun respect et aucune jalousie ? J'ignorai cette confusion et regardai une nouvelle fois ma montre, cette fois-ci avec des mouvements exagérés. Encore quatre minutes.

— Comment ça se passe ? demanda Monsieur Joyeux-McJovial en s'arrêtant près de nos tables.

— Le hockey…

— La finance…

Nous parlâmes en même temps et notre enseignant nous dévisagea avec tristesse avant de baisser la voix.

— Dommage. Mais bon, c'est comme vous voulez, si vous avez envie de choisir quelque chose d'aussi facile.

Il soupira d'un air théâtral.

— On dirait que personne ici n'est assez malin pour s'attaquer à l'histoire de l'école, dit-il avant de soupirer. J'imagine que je ne devrais pas m'attendre à ce que des garçons de votre âge soient capables d'un tel niveau de travail.

C'était quoi ce délire ? J'étais capable de tout. Je suivais des cours avancés dans certaines matières. Mes notes étaient bonnes, à part en chimie, et *personne* ne me disait que j'étais incapable de faire quoi que ce soit. Si cela exigeait que je me concentre sur l'histoire de cette satanée école, alors vous feriez mieux de croire que j'allais créer le meilleur projet qu'il ait jamais vu et que j'allais lui montrer ce que je savais faire.

— On va s'en occuper, affirmai-je.

Soren me regarda vivement.

— Ah bon ? demanda-t-il en écarquillant les yeux.

— Oui.

Je m'enfonçai sur ma chaise et croisai les bras.

— Marché conclu.

Monsieur Russell me tapota l'épaule et s'éloigna en marmonnant quelque chose sur les couleurs de l'école.

— Il t'a bien eu, dit Soren en secouant la tête. Quelqu'un te dit que tu ne peux pas faire quelque chose et toi, tu mords à l'hameçon.

Je réfléchis à sa déclaration. J'eus envie de nier la vérité, mais j'avais été élevé défi après défi, et il ne mentait pas. Je me mis donc sur la défensive. Franchement, pour qui se prenait Soren s'il croyait savoir qui j'étais vraiment ?

— Ne va pas me dire que tu n'étais pas aussi sur le point d'accepter.

Il haussa les épaules.

— Peut-être. Peut-être pas.

Il poussa la feuille de papier dans ma direction.

— Mais tu as décidé, donc tu commences.

— Je commence quoi ? demandai-je en regardant la feuille vierge.

— Écris un titre comme, je ne sais pas, *L'Histoire de l'Académie Chesterford*. Quelque chose de ce genre. Souligne-le et fais des cases sur les choses qu'on pourra aborder.

— Écris-le, toi.

Je repoussai le papier dans sa direction et attendis qu'il griffonne au sommet de la page, mais il se contenta de me dévisager.

— C'est un projet commun. Tu écris.

Il repoussa la feuille vers moi.

— Tu as suggéré le titre.

Je poussai la feuille vers lui.

— Tu nous as engagés dans ce projet.

Il la poussa vers moi.

— Tu as quel âge ? Cinq ans ? crachai-je.

Je pris le papier et le stylo avant d'écrire, de ma plus belle calligraphie, le titre et nos noms en dessous. J'ajoutai quatre cases, puis levai impatiemment les yeux vers lui.

— Et ?

— Les fantômes, dit-il.

Je faillis l'écrire avant de me rendre compte qu'il était probablement en train de se moquer de moi.

— Va te faire foutre, Rowe. Si tu ne prends pas ce projet au sérieux, je ne vais pas avoir une mauvaise note parce que je suis obligé de travailler avec un minable qui gâche tout.

Soren se pencha vers moi.

— Sérieusement, tu n'as pas entendu parler du fantôme dans le placard du concierge ?

— Quoi ?

— Oui.

Il leva les mains comme un fantôme et les agita autour de lui, avant de baisser la voix, au point où je fus obligé de me pencher vers lui et d'inhaler l'odeur (à base d'agrumes puissants) de ce garçon que je détestais. J'étais si proche que je voyais les taches dorées dans ses yeux sombres. Il avait vraiment de beaux yeux, comme ceux que les gens admiraient et sur lesquels ils écrivaient des poèmes. Les miens étaient d'un bleu parfaitement ordinaire, mais les siens étaient emplis de lumière.

— Parfois, commença Soren dans un soupir, on entend des coups et des mouvements là-dedans, alors qu'il n'y a aucun signe du concierge. Et on m'a dit qu'à la pleine lune, il arrive qu'on entende ce bruit jusqu'à l'accueil.

— Quoi ? répétai-je.

J'étais à la fois intrigué et agacé à l'idée de collaborer avec lui.

Il s'enfonça sur sa chaise et cogna sa paume contre la table.

— C'est tellement facile avec toi, railla-t-il avec un sourire narquois.

J'eus envie de tendre la main et de le frapper en plein dans son visage moqueur. Oh mon Dieu, j'avais envie de le pousser contre un casier et de…

— Tu es un salopard.

La cloche sonna et il bondit de sa chaise avant même que j'aie pu bouger.

— N'oublie pas de noter « fantôme » sur la feuille, me lança-t-il en quittant la pièce.

Quelques personnes près de lui se mirent à rire. Combien avaient entendu toute cette connerie ? J'étais mortifié. Je récupérai mes livres, mon crayon et le papier redouté avant de tout lancer dans mon sac avec une violence extrême. J'excellais dans ce cours, non pas parce que j'en avais besoin pour devenir la personne que je voulais être, mais à cause de la personne que j'étais maintenant. Les histoires me fascinaient, tout comme les poèmes, les livres et les mots. Ils étaient mon réconfort, quand maman criait, que papa cédait et que la douleur dans ma poitrine était insupportable.

Mais Soren était une épine dans mon pied, un bazar que je ne pouvais contenir. Lorsque je sortis de la salle de classe, en ignorant le salut joyeux de monsieur Russell, j'étais de si mauvaise humeur que j'avais l'impression que ma peau allait s'ouvrir.

Il faisait trop chaud dans le couloir. Je réalisai vaguement que Miles m'avait emboîté le pas et quand j'ouvris brusquement la porte pour marcher sur l'herbe, je ne m'arrêtai pas avant d'être arrivé au gymnase et de l'avoir traversé pour rejoindre la patinoire pour m'entraîner au hockey. Je jetai mon sac dans mon casier avant d'aller dans la salle de repos. Je lançai des palets contre des cibles d'entraînement jusqu'à ce que mes bras me fassent mal. Miles ne m'avait pas suivi ici. Pourquoi le ferait-il ? Ce n'était pas comme s'il jouait au hockey. Je déversai chaque once de ma colère, à cause de tous ceux qui s'étaient moqués de moi, et je balançai finalement la crosse contre le mur. Quand j'en eus fini, je donnai un coup de pied dans le seau de palets vide, pour faire bonne mesure, et laissai le tout par terre.

Je donnerais tout pour qu'on me prête des patins et que j'aille sur la glace, afin de me jeter sur Soren et de lui faire *mal*.

Personne ne se moquait de Felix Maxwell-Sinclair.

Pire, personne n'encourageait les autres à se moquer de moi et s'en sortait impunément.

Même si les yeux de cette personne étaient incroyablement beaux.

LE MORCEAU de papier me raillait, posé là sur le bureau, dans ma chambre. Il était froissé, comme je l'avais jeté sans cérémonie dans mon sac, et était actuellement entouré d'une tasse Railers d'un côté et d'une crosse de hockey signée de l'autre. Je pouvais regarder la feuille toute la nuit. Après tout, personne n'était là pour m'en empêcher. Papa m'avait envoyé un message pour m'informer qu'il était parti pour le travail et qu'il m'avait laissé deux billets de cinquante sur le plan de travail en cas d'urgence. J'avais rangé les billets dans ma poche pour les ajouter à mes économies, car je n'avais peut-être pas d'urgence aujourd'hui, mais qu'en était-il de demain ?

J'ignorai la partie du petit mot de mon père qui me disait que je pouvais l'appeler quand je le souhaitais.

Peu importait.

Phoebe et Rick, respectivement gouvernante et homme à tout faire, femme et mari, étaient rentrés chez eux, aux abords de notre propriété. Elle venait de poser mon dîner solitaire sur la grande table de cuisine. Ainsi, comme il n'y avait aucun signe d'une visite de Tyler ou de sa mère ce soir, c'était moi qui gérais la maison. Bien.

Je pouvais faire ce que je voulais. Danser sur la musique la plus forte, regarder des films jusqu'à trois heures du matin, manger ce que je voulais dans l'immense cellier ou boire tout l'alcool du bureau impressionnant de mon père. Mais que faisais-je à la place ? Je regardais ce stupide morceau de papier, qui me regardait en retour.

— L'Histoire de l'Académie Chesterford, dis-je à ma chambre avant de soupirer.

J'avais tant de regrets sur ma journée, mais une fois que ma mauvaise humeur se fut calmée, je fus surtout en colère contre moi-même, car je n'avais pas opté pour le hockey comme sujet de notre projet. Je fis tourner ma chaise pour être face au mur opposé et tournai légèrement la lumière de mon bureau afin qu'elle éclaire les posters. Personne, en dehors de mes parents, de Phoebe et de Rick, ne savait à quel point j'aimais l'équipe de hockey des Railers de Harrisburg. Leurs photos et leur logo décoraient mes murs, dans un immense collage de bleu et de blanc. Sur la droite se trouvait mon hommage à l'un de mes joueurs préférés, leur gardien, le Russe Stan Gunnerson-Lyamon, détenteur de deux trophées Vezina et l'un des mecs les plus amusants dont j'avais jamais entendu parler.

— *Moi avoir gros but* ! dis-je à son portrait avant de rire, parce que je me parlais avec un mauvais accent russe.

Il y avait aussi la collection de photos de toute l'équipe, quelques-unes de la Coupe Stanley – le prix ultime, dans la NHL – et plusieurs clichés individuels de joueurs, comme Lockhart et l'autre Gunnerson-Lyamon, le mari de Stan, Erik.

Finalement, je me focalisai sur Tennant Madsen-Rowe et je le dévisageai un très long moment. Il était l'unique personne dans ma vie, à part mon père, à m'avoir influencé d'une quelconque manière. L'une de mes photos le montrait assis à un piano, les yeux baissés vers les touches avec la même intensité que lorsqu'il marquait des buts. C'était un gagnant. Il avait survécu à une blessure terrible. C'était un phénomène, un enfant star venant d'une famille de vainqueurs, et il était devenu l'un des joueurs de hockey les plus sexy que j'aie jamais vus. Il patinait vite et attirait les Railers à sa suite. C'était un véritable champion, et quand il avait fait son coming-out, aux côtés de l'homme qui était désormais son mari, cela avait fait grandir quelque chose en moi, d'aussi fort et féroce que mon tempérament.

J'étais comme Ten.

En quelque sorte, j'étais comme Ten.

Je n'étais pas le meilleur joueur de hockey du monde –

je n'avais aucune intention de le devenir, pas quand j'avais un bel avenir tout tracé devant moi –, mais je jouais du piano comme lui. Même si j'avais été obligé d'apprendre, quand j'étais enfant, et que je n'avais pas apprécié, au début, j'avais finalement appris à aimer et c'était une autre chose à ajouter à ma liste d'accomplissements qui feraient de moi le meilleur manager de fonds spéculatif.

Alors, ce n'était pas grâce au hockey que nous étions liés. Mais sans le demander, sans vouloir ce bazar dans ma vie et sans que cela ne serve à rien dans mes plans, je m'étais rendu compte que j'étais gay. Je n'étais même pas bisexuel. Bon sang, je ne regardais même pas les filles. Ainsi, ma future femme approuvée par la société ne partagerait pas mon lit.

J'étais gay. Tout comme mon idole.

J'étais gay, et en regardant les beaux yeux de Soren, l'espace d'un bref instant étincelant, j'avais vu les éclats dorés. Au lieu de le percevoir comme un trouduc abject, je m'étais demandé s'il était plus que ça.

Enfin, jusqu'à ce qu'il me balance toute cette connerie sur les fantômes.

— Non, dis-je à mes posters avant de me retourner vers mon bureau.

Je récupérai le papier, le froissai et le jetai dans la poubelle à côté de mon bureau.

Non, c'est tout.

Chapter Cinq

Soren

— ... PRENDRE À GAUCHE APRÈS LA PORTE DU DONJON. OUI, je connais American Donkey, je me demandais juste si, genre, quelqu'un était aussi à fond sur Omar Apollo que moi. Oh, salut, bienvenue sur le stream, Wanda Mabonda Huit Onze !

Je marquai une pause et suivis un elfe PNJ dans un couloir sombre tout en lisant les commentaires qui flottaient sur l'écran alors que je jouais à *Chevaliers au Casque Vert*. Courtney devait garder sa petite sœur, alors elle ne pouvait pas jouer avec moi, ce soir. Ce qui était dommage, comme nous fonctionnions très bien ensemble.

— Merde ! Oh, bon sang, ce rat m'a fait peur. Je déteste avoir peur dans les jeux fantastiques. C'est totalement inattendu. Dans les jeux d'horreur, pourquoi pas, mais quand je suis là, dans ce lieu froid et humide avec cet elfe sexy qui doit encore me révéler son vrai nom... Cool, cool, merci pour le Pistolet Podunk caché. Ouais, bien sûr, je vais continuer de tout déchirer avec Omar. C'est lui, le vrai mec.

Un autre commentaire arriva, d'un autre follower, puis encore un autre, et bientôt, je discutais avec une dizaine de mes followers préférés et cinq abonnés.

— Au cas où vous auriez loupé la question du jour, je la republierai dès que je sortirai du donjon, mais je vous demandais quelle était votre garniture préférée sur un hot-dog.

Un autre follower se manifesta et j'observai le nom une seconde avant d'accueillir cette femme sur le stream.

— Salut, Mamie Piano, bienvenue sur le stream. Comme tu le vois, nous jouons en ce moment aux *Chevaliers au casque vert* et nous traversons le donjon avec cet elfe canon, mais suspicieux. Ravi que tu puisses te joindre à nous ! Tu es fan de ce jeu, toi aussi ?

Je m'enfonçai sur ma chaise et bus une rapide gorgée de Sprite. J'avais fait mes devoirs en coup de vent – ignorant totalement le magazine, car penser que j'allais devoir supporter Felix d'une manière ou d'une autre était trop déprimant – et j'avais décidé de streamer seul pendant quelques heures avant d'aller me coucher. Les choses se passaient bien. J'avais une trentaine de spectateurs, plusieurs sur le chat, et une nouvelle abonnée, Mamie Piano, qui écrivait un commentaire.

Bonjour, chéri ! Pourquoi joues-tu à un jeu si violent ? Je t'ai vu tuer un homme, là-bas, alors qu'il n'avait même pas d'arme pour se défendre. As-tu pensé, peut-être, à jouer à ce jeu de fermier que Milo aime bien ?

Oh. Mon. Dieu. Mamie Piano était ma grand-mère. Et elle venait tout juste d'utiliser le nom de mon frère. Le soda au citron et citron vert faillit me ressortir par le nez.

Je toussotai et tentai de comprendre comment gérer ça, de manière à ne pas froisser grand-mère Rowe.

— Mamie Piano, salut ! Oui, j'ai joué à ce jeu de fermiers. Comment vas-tu, ce soir ?

Mon cerveau était totalement piégé. J'adorais ma grand-mère Rowe. Elle faisait les meilleurs cookies du monde. Et elle m'ébouriffait en m'appelant Citrouille. Terrorisé, j'attendis que son prochain commentaire apparaisse.

Je vais bien, Citrouille. Un tel bain de sang n'est pas bien pour l'esprit d'un jeune homme, tous les experts le disent. Ton grand-père te fait coucou et veut que je te dise qu'il a hâte de venir te voir jouer au hockey, mais pas à ce jeu vidéo. Il n'est pas cool comme moi.

— Ouais, génial ! J'ai hâte de te voir, moi aussi.

Tu t'entraînes au piano ? Je sais, je sais, mais c'est important d'avoir d'autres aptitudes que le hockey et le massacre de méchants dans des jeux vidéo. Demande à tes pères.

— D'accord, je promets que je vais m'entraîner.

Tous les autres abonnés s'étaient tus. Ils étaient probablement chez eux, en train de se rouler par terre devant cet échange.

— Oh, merci pour le don avec l'abonnement, Mamie Piano ! Mary Duckworth Quatre-vingt-huit, tu peux maintenant ouvrir toutes mes émoticônes trop cool.

Bien. Bon, ton grand-père a de l'arthrite dans l'épaule et ça lui fait mal, dernièrement. On envisage de rénover le patio, l'année prochaine. Et mettre des moustiquaires, pour que Binks puisse sortir. Ce chat adore s'asseoir au bord des fenêtres et regarder les oiseaux, alors on se disait qu'on pourrait mettre des moustiquaires autour du patio et l'appeler un chatio. C'est papy qui a trouvé ça. Chatio. Je trouve ça adorable, pas toi ?

Oui, c'était mignon. Mes grands-parents étaient sacrément mignons. Heureusement, elle dut se déconnecter pour aller regarder *Perry Mason* avec mon grand-père peu de temps après. Je crois qu'elle n'était pas fan non plus de la découpe de morts-vivants. Le fil de discussion se raviva une fois qu'elle fut déconnectée, tous mes abonnés et mes followers disant qu'ils adoraient ma grand-mère. Ouais, moi aussi, mais il fallait que je parle avec mon père à son sujet. Une fois que la diffusion fut terminée, je traversai le couloir, passant devant la chambre de Lottie, où je jetai un coup d'œil pour voir comment elle allait, puis devant celle de Milo, dans laquelle je passai la tête pour vérifier qu'il dormait profondément. Il faisait parfois des cauchemars. Bien sûr, je savais que je n'étais plus le seul à le protéger, mais les vieilles habitudes avaient la vie dure.

Je trouvai mon père le plus jeune dans le salon télé, allongé sur le canapé d'angle en train de regarder un film de *John Wick*. Ten quitta du regard l'énorme installation télé sur le mur au-dessus de la cheminée quand j'entrai tranquillement et m'assis à côté de lui. Je mis la main dans le grand saladier de pop-corn aromatisé au fromage sur ses genoux.

— Salut, dit-il.

Il gloussa quand j'essayai de parler et de mâcher. Des morceaux de pop-corn orange tombèrent de ma bouche.

— Mâche, tu parleras après.

Je m'exécutai et tendis la main pour prendre son soda sur la table basse.

— Sérieusement ? me demanda-t-il quand j'avalai la moitié de la bouteille avant de roter.

Je lui offris la bouteille à moitié vide, mais il déclina.

— Garde-la. Je ne sais pas où tu as posé tes lèvres.

— Elles ne sont restées que sur mon visage, malheureusement.

Je soupirai théâtralement quand Ten gloussa.

— Alors, euh, j'ai eu un nouvel abonné, ce soir.

Je m'assis au fond du canapé et coinçai mes jambes sous mes fesses alors que John Wick commençait à tout saccager. Heureusement que mamie ne voyait pas ce film. Elle trouvait déjà que c'était trop violent quand je donnais un coup de hache à un nain mort-vivant.

— C'est bien. Tu commences à avoir un bon nombre de fans, répondit-il alors que son regard restait rivé sur Keanu, dans la peau du personnage de Wick, qui utilisait un crayon comme arme létale.

— Je sais, j'adore ça.

Il hocha la tête, comme les parents le faisaient quand ils alternaient entre l'enfant qui leur parlait et l'un de leurs acteurs préférés.

— Le nouvel abonné, c'était mamie.

Cela attira le regard noisette de Ten loin de Keanu.

— Oh, c'est cool. Je lui ai dit que tu étais sur Twitch et elle s'est empressée de télécharger l'appli sur son téléphone pour pouvoir te suivre.

— Ohh, ouais, c'est la meilleure.

J'acquiesçai et secouai la tête.

Papa me dévisagea.

— Qu'a-t-elle fait ? demanda-t-il en récupérant la télécommande pour mettre le film en pause.

— Rien de grave. Enfin, elle a utilisé le nom de Milo, dans les commentaires.

Ten grimaça. C'était la raison pour laquelle j'étais allé le voir lui, plutôt que Jared. Ce dernier était cool, mais plus âgé et il ne savait rien du tout de Twitch. Ten aimait streamer et il connaissait les protocoles Internet, tandis que Jared n'était pas aussi à la page que son mari. Il était à cette étape gênante entre mamie et Ten.

— Tu pourrais lui mentionner que Twitch, ce n'est pas Facebook Messenger ? Elle ne peut pas utiliser de vrais noms ou parler de choses personnelles comme l'épaule de papy, sa goutte ou sa chorale.

— Oui, d'accord. Je vais lui enseigner les bases. Mais sois gentil avec elle. Elle essaie simplement de te soutenir dans tes hobbies. Sérieusement, elle n'y connaît rien.

— Non, je sais, et je l'adore, mais elle ne peut pas être aussi intime, c'est tout. Je suis heureux d'en apprendre plus sur ses rutabagas en messagerie privée, me hâtai-je d'expliquer.

— Ne t'inquiète pas, je vais lui en parler.

Jared entra dans la pièce, après avoir pris sa douche. Ses cheveux blonds argentés étaient toujours mouillés. Il portait un pantalon polaire des Railers et le même T-shirt que Ten. C'était marrant comme les couples mariés commençaient à s'habiller de la même manière. Et quand je disais marrant, je voulais dire embarrassant.

— Parler de quoi à qui ? s'enquit Jared en s'asseyant sur le canapé à côté de Tennant.

— À ma mère de Twitch, répondit Ten.

Son époux passa un bras autour de ses épaules. Ils étaient si affectueux à la maison que c'en était mignon. Ils se touchaient toujours d'une manière ou d'une autre. C'était le genre de relation que je souhaitais quand je trouverais enfin quelqu'un de spécial.

— Ah, eh bien, je suis sûr que ça va bien se passer. Tu jouais à ton jeu en ligne, ce soir ? demanda Jared.

Gordie arriva d'un pas feutré dans le salon, levant sa truffe noire qui le guida jusqu'au festin de pop-corn. Je lui en jetai un, qu'il attrapa en l'air.

— Oui, et mamie m'a rendu visite.

Je jetai un autre pop-corn au chien avant d'en lancer un dans ma bouche.

— C'est sympa. Je suppose que tu avais fini tous tes devoirs avant d'allumer l'ordinateur pour jouer ? demanda Jared dont les doigts s'attardaient sur le cou de Ten, au niveau du tatouage très cool représentant un lion rouge rugissant.

— Ouais. Enfin, tout ce que je pouvais faire tout seul, répondis-je avant de soupirer.

Je me rappelai que je devais travailler avec Felix et ce souvenir s'éveilla comme une brûlure d'estomac.

— Tu veux bien nous expliquer ? demanda Jared.

Je le fis donc. Je leur racontai une version abrégée de ce qu'il s'était passé en cours d'anglais avancé, puis je mangeai davantage de pop-corn pendant qu'ils se regardaient. Ils connaissaient Felix et sa famille, à présent, mais seulement parce qu'ils étaient aussi les parents d'un Coyote. Enfin, les parents de Felix ne se montraient pas souvent aux matchs de hockey en tant que couple. Il me semblait avoir vu sa mère quelques fois, mais je ne me souvenais que d'un nuage de parfum et de cheveux crêpés. Son père était venu plus d'une fois, mais il restait surtout sur son portable, à faire des trucs qu'il pensait plus importants que son fils. Mes parents faisaient de leur mieux, mais comme ils étaient sur la route pendant presque toute l'année scolaire et qu'ils s'occupaient aussi de la saison de hockey universitaire, ils manquaient beaucoup de matchs.

— Alors, on n'a absolument rien trouvé. Et franchement, le sujet est horrible. L'histoire de l'Académie Chesterford ? Non, mais honnêtement, c'est chiant. J'ai inventé une connerie sur un fantôme dans un placard. Franchement, s'il y avait un fantôme, au moins, ce serait excitant.

— Attends. Il veut créer un magazine sur les fonds spéculatifs ? demanda Jared.

Gordie bavait sur le sol en attendant davantage de nourriture. Le chien et moi étions des puits sans fond, d'après mes pères. Je ne pouvais pas le nier. C'était un fait.

— Ça n'est pas très intéressant, si ?

Jared regarda Ten, qui haussa les épaules.

— Pas pour moi. Si c'était mon projet, je parlerais du hockey.

— Tu vois, on est d'accord, dis-je en désignant Ten d'un doigt couvert de fromage. C'est ce que je voulais faire, mais monsieur Russell, deuxième du nom, boudait et était tout triste. Il m'a donné l'impression d'être un loser, parce que j'avais suggéré quelque chose de facile. Il a dit qu'il y avait des histoires intéressantes, sur Chesterford.

— Il a peut-être raison. Vous avez cherché des infos sur l'école du temps jadis et sur le terrain ? Elle est implantée depuis plus de deux cents ans. Il doit bien y avoir quelque chose d'intéressant pour remplir votre magazine, déclara Jared.

— Ouais, j'imagine. Je n'en sais rien. Tout ce devoir va être carrément merdique. Désolé, mais ça craint. Felix est un vrai snob.

— Eh bien, peut-être que tu ne comprends pas ce jeune homme, voilà tout. Pourquoi ne l'inviterais-tu pas pour que vous travailliez ensemble ? demanda Jared.

Ten le fusilla du regard.

— Quoi ? Les gamins n'étudient plus ensemble dans la même pièce, maintenant ?

— Bien sûr que si, mais je ne suis pas sûr de vouloir de ce mec chez moi. Vous l'avez rencontré. C'est un crétin, argumentai-je.

Néanmoins, Jared semblait s'être arrêté sur cette idée.

— C'est un peu extrême, me répondit papa en fronçant les sourcils. Je l'ai vu interagir avec de plus jeunes élèves et il semble sincèrement gentil avec eux.

Je levai les yeux au ciel.

— Peut-être que ce n'est qu'un jeune homme troublé qui traverse des moments difficiles. Tu comprends sûrement à quel point c'est compliqué d'être sociable et sympa quand ta vie, à la maison, est tumultueuse. Et il suffit de voir ses parents pour savoir qu'ils ne sont pas heureux.

Je clignai des yeux en regardant Jared. Ten acquiesça. Même le chien m'observait comme si c'était moi, le salopard.

Mon soupir fut légendaire. Bon sang, je détestais qu'ils aient raison. D'accord, c'est bon, j'allais l'inviter pour dîner et étudier.

— Bien, alors, le rencard est pris. Il vaut toujours mieux être aussi gentil que possible, même envers les personnes qui nous agacent, parfois.

— Non, s'il te plaît, non. Ce n'est *pas* un rencard. Pas. Un. Rencard.

Je les dévisageai tous les deux, puis me tournai vers le chien, au cas où Gordie déciderait d'utiliser ce mot en R en parlant de l'éventualité de ce dîner d'études. Rencard était un mot lourd de sens.

— Je te promets que nous n'utiliserons plus aucun mot qui commence avec la lettre R, dit Ten.

Jared fit un signe de croix tandis que Gordie laissait échapper un rot canin puant.

— Je l'inviterai demain pendant le cours d'anglais, mais ne vous attendez pas à ce qu'il accepte. C'est un enfoiré certifié.

Je les laissai regarder leur film avant qu'ils puissent me reprocher mon langage. Gordie me suivit à l'étage et prit sa place en haut des marches pour nous protéger, nous, les enfants, pendant que nous dormions. Je lui caressai la tête un moment, jetai un dernier coup d'œil aux gremlins, puis me mis au lit. Je passai du temps sur Internet et envoyai un meme à Courtney avant de brancher mes écouteurs sur mon téléphone pour jouer l'une de mes playlists. Lizzo et Cardi B. rappaient au sujet de rumeurs. Je n'avais pourtant pas besoin de m'inquiéter de ce qu'on pourrait dire. Felix n'accepterait jamais de venir chez moi. Il me détestait bien trop.

Chapter Six

Felix

J'ENTENDIS LES CRIS, MÊME MALGRÉ LA SONNERIE horriblement forte de mon réveil. Lorsque je l'éteignis, il devint clair que maman nous rendait une visite impromptue depuis New York, pour une raison quelconque, et qu'elle n'était pas contente.

Et papa n'était pas content non plus.

Je n'entendais pas souvent mon père élever la voix avec elle – il était plus doué avec les répliques percutantes –, mais pour le moment, il criait avec une grande détermination. Je savais que sa nouvelle petite amie, Cora, et son idiot de fils, Tyler, n'avaient pas dormi à la maison, parce que j'avais dit à mon père, sans équivoque, que je ne voulais plus qu'ils le fassent. Mais ce que faisait maman était apparemment tout aussi horrible que si elle avait découvert que papa s'était trouvé une nouvelle… j'ignorais ce qu'était Cora.

Pourquoi maman était-elle là, déjà ? J'aimais qu'elle

vive à New York. C'était plus tranquille, quand elle ne braillait pas dans tous les coins.

— Encore un bon début de journée dans la maison des Maxwell-Sinclair, marmonnai-je.

Je me douchai et espérai que, peut-être, tout serait calme quand j'en aurais fini, mais non, ils criaient toujours. Maman, du moins, ce qui n'avait rien d'exceptionnel. Nous avions clairement atteint le moment familier, dans leurs disputes, où papa abandonnait et devenait muet comme une tombe pendant que maman résumait à quel point mon père était un homme pitoyable.

Je me lavai les dents. Maman criait toujours quand j'eus fini. Sa condamnation stridente concernant visiblement leurs finances dériva jusqu'en haut des escaliers et me transperça le tympan.

Je préparai mon sac pour le lycée. Ouais, elle criait toujours.

Je descendis les marches. Je ferais n'importe quoi pour éviter les cris, mais la porte d'entrée était fermée et je savais très bien que la maudite clé se trouvait dans la cuisine. J'envisageai de me faufiler par la fenêtre, mais je passai plutôt près de la porte de la cuisine et croisai les doigts. Ma mère me remarqua alors dans le couloir.

— Regarde ce que tu as fait, Jim ! Mon propre bébé ne veut même pas me dire bonjour ! Que lui as-tu dit ? hurla-t-elle.

Sa voix m'agaça au plus haut point. Entendre ma mère se battre et anéantir mon père était une chose, mais être utilisé comme une balle d'émotions qu'elle pouvait jeter à mon père, c'en était une autre. Enfin, il ne réagissait pas beaucoup. Il se taisait quand ma mère s'abaissait à m'utiliser comme exemple pour montrer à quel point il avait tout bousillé.

— Je n'ai rien fait, Terri, et c'est peut-être ça, le problème.

Mon père paraissait fatigué, comme s'il en avait assez de tout.

Quand maman m'attira dans une étreinte exagérée, mes poumons s'emplirent de parfum. Je me démêlai rapidement de cette eau de Cologne et de ce tissu qui me démangeait, puis je me dirigeai directement vers les clés. J'envisageai de me prendre un petit déjeuner, puis je décidai qu'il valait mieux partir.

— Il est trop maigre ! Regarde-le !

— Non…

— Felix, mon cœur, est-ce que tu manges, au moins ?

J'étais à deux doigts de m'enfuir, je n'étais qu'à quelques pas de la porte.

— Felix ! Reviens ici !

Je lançai une rapide prière au dieu des enfants vivant avec des parents en train de divorcer, puis je me tournai pour faire face à ma mère.

— Je vais être en retard en cours, maman, réussis-je à dire.

Ce ne fut pas suffisant pour l'interrompre.

— Je t'ai demandé si tu mangeais. Y a-t-il au moins de la nourriture dans cette maison ?

— Bien sûr que je mange, maman, je…

— Je ne l'accepterai pas, Jim. Je ne te laisserai pas faire ça à notre fils, cracha-t-elle.

Papa secoua la tête et maman fouilla dans son sac à main Gucci avant de sortir une liasse de billets, sans se préoccuper de la somme qu'il y avait. Elle me la tendit.

— Achète-toi quelque chose de bon, insista-t-elle.

Je ne la contredis pas. Je mis l'argent dans ma poche et haussai les épaules quand papa me lança un coup d'œil empli de douleur. Phoebe était allée faire les courses hier et il était probable que le réfrigérateur soit plein à craquer. De plus, les placards débordaient de bonnes choses à manger, mais comme j'avais pris l'argent, cela ne faisait que renforcer la conviction de maman selon laquelle j'avais besoin d'argent pour m'acheter un manger – encore plus de munitions pour sa guerre.

Quelle importance, pour papa ? Les seules personnes que je blessais actuellement étaient la mère et le père censés me protéger et m'élever, bordel.

Que voulait-il que je fasse ? Visiblement, elle m'avait donné plus de cent dollars et je pouvais les ajouter à mes économies, qui me serviraient quand je réussirais à échapper à cette famille et que je vivrais seul. Mon épargne universitaire avait été gentiment créée par un grand-père que je n'avais jamais rencontré et la famille de ma mère était franchement blindée, mais je ne reviendrais pas, pendant ou après, alors j'allais prendre tout l'argent possible afin d'acheter ma liberté. Avec les cent dollars en cas d'urgence que mon père m'avait laissés, je passais une bonne semaine.

Trois ans avant la fac et ensuite, j'en aurai fini avec ces conneries.

— Prépare tes valises, Felix, cracha maman. Tu viens avec moi.

— Non, Terri, il ne partira pas.

Papa se leva, presque comme s'il avait du cran et qu'il allait se placer entre nous. Elle le regarda et il s'avachit sur sa chaise avant de se frotter le torse, parfaitement intimidé.

— J'ai dit qu'il venait vivre avec moi, aboya-t-elle.

Ils n'allaient pas recommencer.

— Je ne vais pas déménager à New York, maman, répondis-je.

C'était la première ligne d'un script que je connaissais par cœur.

Et sa réplique était…

— Tu sais, tu aurais ton propre appartement, en dessous du mien…

Puis ma réplique ressemblait à…

— Non, maman. Je vais à l'école ici. Je reste ici.

Si elle était à ce point désespérée à l'idée de m'avoir dans sa vie, elle devrait rester ici, où j'étais vaguement heureux. Cependant, rester était une option qui ne lui avait jamais traversé l'esprit, car elle était avec son clan et qu'elle voulait retourner au bercail de la famille Sinclair plus qu'elle ne voulait être ma mère. Je n'étais pas idiot. Après les premières fois où nous avions eu ce débat, je savais que si elle m'emmenait, c'était plus pour faire du mal à mon père que parce qu'elle me voulait. Je me fichais d'ailleurs de savoir ce que mon père ressentait quand il cédait si facilement – comme s'il se moquait de savoir où j'étais et ce que je faisais.

Je me moque de savoir s'il me veut ou pas. J'en ai marre, de tout ça.

— Tu vois ce que tu as fait ? dit maman en montrant papa du doigt.

Il la dévisagea avec son habituelle expression impassible et une fois encore, il ne dit absolument rien pour sa défense. Ce n'était pas comme s'il se préoccupait de savoir où j'étais et il avait probablement planifié sa stratégie de fuite avec Cora et son satané fils, Tyler.

Pourquoi aurait-il besoin de moi quand il pouvait s'acheter une famille et me remplacer ?

Merde. J'en avais assez.

Je franchis la porte, la claquai derrière moi et traversai notre cour joliment paysagée avant de partir vers le garage où Rick m'attendrait pour me déposer à l'école. Toutefois, au lieu de le voir lui, je vis son épouse, Phoebe, celle qui faisait les courses. Je savais qu'elle se cachait *ici* pour échapper à ce qu'il se passait *là-bas*.

— Tu vas bien ? me demanda-t-elle quand je m'assis à côté d'elle sur le muret derrière le garage.

— Oui, mentis-je.

— Elle va t'emmener ? demanda Phoebe d'un air craintif.

Évidemment qu'elle avait peur. Si je partais, papa pourrait déménager et il n'aurait donc plus besoin de domestiques à demeure. Pas étonnant qu'elle ait l'air si inquiète. Elle n'était qu'une autre personne qui ne s'intéressait pas réellement à moi.

Seigneur, je m'apitoyais sérieusement sur mon sort. J'étais Felix Maxwell-Sinclair et je ne me morfondais pas dans ces conneries. J'enfilais ma culotte de grand garçon et j'agissais.

— Arrête de pinailler, chérie, dit Rick en posant une main sur mon épaule. C'est un bon gamin.

Je m'éloignai de ses doigts et levai les yeux vers lui.

— Lycée ? demandai-je.

Il hocha la tête, car je ne lui parlais jamais plus que ça. Qui voulait discuter de quoi que ce soit avec un gamin qui avait bientôt seize ans ?

Ça suffit ! Enfile ton masque.

Je sautai du muret et grimaçai quand Phoebe me toucha le bras.

— Tu sais où nous trouver, murmura-t-elle.

— Oui, dans votre appartement exigu au-dessus du garage, raillai-je.

Le regard de cette femme brilla d'émotions et je me sentis plus minuscule que la plus petite chose possible.

— Felix ! m'avertit Rick.

Je m'enfonçai tellement dans mon trou. Il fronçait les sourcils et je ne pourrais supporter aucun futur sermon sur mon comportement de petite merde. Je n'avais pas envie que Rick me fasse la morale, que Phoebe fasse semblant de me soutenir, que mon père reste silencieux et maussade ou que ma mère perde la tête à cause d'un problème inventé de toutes pièces. J'en avais assez de tout le monde et nous n'étions que quoi ? Mardi, peut-être ? Mercredi ?

Je remontai l'allée et m'éloignai du garage.

— Où vas-tu ? cria Rick.

— Je vais marcher, braillai-je en retour.

— C'est à une trentaine de kilomètres.

— Je vais courir !

Pour souligner mon affirmation, je commençai à trottiner doucement et franchis le portail impressionnant afin de rejoindre la route. Mais je ne poursuivis pas. Je tournai à gauche et me dirigeai vers la haie qui dissimulait la clôture sécurisée à toute personne regardant les images de vidéosurveillance. Ma poitrine était comprimée. Je n'arrivais pas à respirer. Je me pliai en deux. Mon sac à dos glissa et tomba si violemment à l'arrière de mon crâne que je le retirai de mes épaules et le laissai tomber par terre. Je m'accroupis et me demandai si c'était l'endroit où j'allais mourir. Respirer était douloureux. Des bandes de douleur encerclaient ma tête et mon visage devint mouillé.

Pourquoi mon visage était-il mouillé ? Je frottai ma peau avant de regarder mes mains. Je m'attendis presque à voir du sang, parce que ce serait parfait. Seulement, ce n'était pas du sang. Il devait donc s'agir de foutues larmes et je n'étais pas du genre à pleurer.

Si je commençais à pleurer, alors tout s'effondrerait.

Je comptai à rebours en partant de dix, j'effectuai les exercices de respiration donnés par ma thérapeute dont les séances coûtaient horriblement cher, et quand je pus me lever sans vomir ou tomber, je récupérai mon sac et le glissai sur mon dos. Bien. Et maintenant ?

Si je marchais jusqu'au lycée, je serais en retard, mais je serais à l'endroit où j'avais le contrôle.

— Très bien, dis-je à la haie.

Je remontai sur le trottoir. J'avais fait quelques pas quand une voiture ralentit à côté de moi. Je continuai de marcher. La voiture me suivit, et je relevai le menton en affichant une expression confiante malgré mes névroses actuelles.

— Monte dans la voiture, Felix, m'ordonna Rick.

Je l'ignorai. Si je montais dans cette voiture, il se contenterait de me sermonner à cause de ce que j'avais fait, de mon impolitesse envers Phoebe qui n'était pas normale et…

— Dans la voiture.

Il monta sur l'herbe parfaitement tondue ornant le trottoir et bloqua mon chemin.

Je croisai son regard serein. J'avais tellement envie de lui dire que je n'avais pas besoin de lui, mais il me souriait avec cette gentillesse qui lui était caractéristique et je n'avais pas envie d'être en retard pour le premier cours, celui d'anglais.

J'aimais l'anglais. Ce fut l'unique raison pour laquelle je montai en voiture. Cependant, il ne démarra pas immédiatement.

— Il faut que tu agisses mieux que ça, murmura-t-il.

Je me recroquevillai.

— S'il te plaît, ne manque pas de respect à Phoebe. Elle tient à toi.

Nous vous payons ! Vous nous devez bien ça ! Vous n'êtes rien !

Ces mots blessants – ceux de ma mère – tourbillonnèrent dans mon esprit et ma migraine s'aggrava instantanément. Pendant tout ce temps, Rick me regarda comme pour m'encourager et il hocha enfin la tête. Au moins, il avait dit qu'il fallait que j'agisse mieux que ça et non pas qu'il s'attendait à ce que je le fasse. Que faisais-je ?

— Je suis désolé, dis-je.

Il hocha la tête et me sourit.

— Pourquoi ne lui enverrais-tu pas un message ? Elle se fait du souci pour toi.

— Ah bon ?

— Bien sûr que oui, Felix. Elle déteste te voir en colère.

— Je ne suis pas en colère.

Il me lança un regard dubitatif, haussant les sourcils pour souligner son incrédulité.

— Vas-y, envoie-lui un message.

Je n'étais pas en colère. Ce que mes parents avaient fait, les choses que j'avais vues et entendues ne signifiaient rien pour moi. Mais je fis tout de même ce que Rick me demandait et envoyai un bref message pour m'excuser.

Phoebe me répondit avec quatorze cœurs. Je le savais,

parce que je les avais comptés et curieusement, ces minuscules cœurs recouvrirent le trou que j'avais en moi à un tel point que lorsque j'arrivai à l'école, mon masque était bien en place.

MONSIEUR RUSSELL ÉTAIT UN SALOPARD. Il n'y avait pas d'autre mot pour le décrire. À l'instant où la classe débuta, il demanda des nouvelles des projets. Soren avait voulu qu'on en discute avant d'entrer dans la salle, mais je l'avais ignoré. Il avait exigé que nous y réfléchissions au moins avant le cours. Je l'avais ignoré, puis je lui avais également tourné le dos, car je ne supportais pas du tout la condamnation dans son regard noir. À la minute où nous nous assîmes, monsieur Russell voulut voir ce que nous avions trouvé jusqu'à maintenant. Il était occupé à déambuler dans la salle et à discuter avec les autres élèves. Merci mon Dieu, nous étions au fond.

— Tu l'as fait ? me demanda Soren.

Je levai les yeux au ciel.

— Non.

— Mais tu as pris la feuille, feignit-il de chuchoter.

— *Mais tu as pris la feuille*, répétai-je.

Je fis semblant de chouiner, ce qui ne ressemblait en rien à la manière de parler de Soren, mais cela m'aidait à me sentir mieux.

Il se pinça les lèvres.

— Pathétique, marmonna-t-il.

Il ouvrit son bloc-notes et en déchira une feuille. Il se dépêcha d'écrire le titre comme il l'avait fait hier, puis il dessina quatre cases en dessous. Il me jeta un coup d'œil et secoua la tête. Il regarda ensuite la feuille vierge et pendant ce temps-là, monsieur Russell avançait vers nous.

— Fondation. Anciens Élèves, marmonnai-je.

Après une pause, pendant laquelle je m'attendis à ce qu'il se moque de moi, il ajouta les deux sous-titres, puis tapota sa feuille avec le crayon.

Monsieur Russell s'occupait des élèves assis à la rangée devant nous. Quand je leur jetai un coup d'œil, je vis de nombreuses notes. Je tendis rapidement la main et arrachai le papier à la table de Soren. Il voulut l'attraper, mais je fus trop rapide – prends ça, Soren Madsen-Rowe qui se croit rapide sur la glace – et je griffonnai deux sous-titres supplémentaires avant d'ajouter des mots au hasard dans chaque catégorie.

— Felix ? Soren ? Qu'avez-vous trouvé ? J'ai hâte de voir où vous mènerez ce projet.

Soren me lança un regard qui signifiait que nous étions foutus, mais je m'éclaircis la voix.

— Nous faisons des recherches sur l'histoire de l'école, mais pas seulement l'école en elle-même. Nous nous intéressons aux gens, aux fondateurs et aux anciens élèves. Comment la guerre a-t-elle affecté ceux qui venaient étudier ici et les professeurs ? Comment les événements mondiaux ont-ils modelé le curriculum ? Ce sera un grand projet basé sur les gens.

— Les gens, répéta monsieur Russell d'un air songeur.

— Les gens façonnent l'Histoire, monsieur Russell, ajoutai-je.

Il hocha la tête avec enthousiasme.

— C'est excellent. Continuez.

Dès que monsieur Russell repartit à l'avant de la salle de classe pour commencer la leçon à proprement dit, je me tournai vers Soren et jetai le papier sur sa table. Je lui adressai ensuite mon sourire le plus narquois. Je supposai qu'il aurait une réplique cinglante à me lancer, mais il hocha plutôt la tête et me tendit son poing.

— Joli coup, murmura-t-il.

Il attendait que je cogne son poing, ce que je ne fis pas, car... c'était Soren.

J'eus tout de même l'impression qu'aujourd'hui, au moins l'un de mes accomplissements était sur la bonne liste. Les louanges de Soren firent étinceler un petit quelque chose dans ma poitrine et selon moi, cela ressemblait à de la fierté.

Allez savoir.

Chapter Sept

Soren

Cool. Felix avait sauvé notre peau en réfléchissant vite.

Je n'avais jamais cru que ce mec était idiot, bien sûr que non, sinon il ne serait pas à Chesterford malgré *el dinero* de son père. Bon sang, je devais arrêter de regarder de vieux films de gangsters, tard le soir. Mais ouais, si Felix était intelligent, il n'en restait pas moins un crétin. Un crétin intelligent. Je lui jetai un coup d'œil en biais et vis ce côté mignon, qu'il avait quand il ne ricanait pas et qu'il n'était pas le Roi des Crétins. Je venais tout juste de le faire grimper dans la hiérarchie royale, en le faisant passer de prince à roi. Même si son père était peut-être le roi. D'accord, ouais, il était le Prince des Crétins. Lui et Joffrey Baratheon, aussi.

— Alors, dis-je après quelques minutes de silence total provoquées par mon partenaire de projet.

Il soupira et plissa ses yeux bleus.

— Il va falloir étoffer tout ça.

Il me regarda, impassiblement, avant d'ajuster sa cravate. Je baissai les yeux et vis que la mienne était couverte de porridge. Merde. Je frottai le morceau gluant avec la gomme de mon crayon de papier.

— Ça n'efface pas la nourriture, espèce d'abruti, railla Felix.

Je frottai encore plus fort. Il rit.

— Tu devras la laver dans le lavabo entre les cours.

— Ouais.

Je soupirai et laissai ma cravate retomber. La voix de Jared surgit dans ma tête. Il avait l'habitude de dire : cherche ce qu'il y a de bien en chaque personne. Je regardai fixement Felix. Il fit semblant de ne pas remarquer que je l'observais, bouche bée, tandis que monsieur Russell jacassait à propos d'un mec quelconque du nom de Moss, le rédacteur en chef du magazine *New York*.

— Ta cravate est sympa. Propre.

Il jeta un coup d'œil dans ma direction et haussa un unique sourcil.

— Il n'y a pas de nourriture, dessus.

— Je n'ai pas été élevé dans une porcherie, lança-t-il.

Aïe. D'accord. Je comptai jusqu'à dix avant de lui donner un coup de coude si fort dans les côtes qu'il faillit en tomber de sa chaise. Monsieur Russell regarda dans notre direction, sourit, puis recommença à parler de la rédaction des magazines et comme ceux-ci avaient un impact et bla, bla, bla. On avait l'impression d'entendre la voix de l'enseignante de Charlie Brown.

— Elle était bien bonne, celle-là. Donc ouais, il faut

étoffer. Pourquoi tu ne viendrais pas chez moi, ce soir, pour qu'on puisse travailler ?

Je tapotai la feuille sur laquelle il n'y avait que quatre cases et rien d'autre. Bon sang, nous avions encore un long chemin à parcourir pour ce projet.

Il resta planté là, hébété.

— Que je vienne chez toi ?

— Oui, pour étudier. Enfin, pas seulement étudier. Pour faire des recherches sur ces trucs-là. Mes grands-parents seront peut-être là, aussi, mais sûrement pas avant demain. Ils ont déménagé ici, depuis le sud profond, cet été, pour pouvoir aider mes pères à garder les enfants quand ils doivent voyager. Et aussi, parce qu'ils sont plus proches de la plupart de leurs petits-enfants, sauf Ryker, qui est en Arizona et mon oncle Jamie, qui vit en Floride. Donc ouais, il pourrait y avoir nous, les parents et les grands-parents. Peut-être. Ça dépend si mamie et papy ont leur cours de danse de salon ce soir. Peut-être que…

— Je n'ai pas besoin d'un compte-rendu sur l'agenda de ta stupide famille. Je ne peux pas venir.

— Oh, bien sûr, c'est ce que j'avais deviné. Tu veux que je vienne chez toi ?

— Non !

Je reculai à cause de la virulence de sa réponse.

— D'accord, dis-je en levant les mains comme en signe de reddition.

— Non, j'ai oublié que je n'avais *pas* de rencard, ce soir.

Un rencard ? Avec qui sortait-il ? Cruella d'Enfer ? Capitaine Crochet ? Non, pas Crochet. Ce mec n'était pas queer, ou alors, s'il l'était, il le cachait bien. Comme au centre de la Terre ou dans *Le Monde (presque) perdu*.

— Je peux venir.

— D'ac... cord. Bien. Alors, tu sais quelque chose des élèves de cette école, à l'époque ?

— Ceux des années soixante-dix ?

— Oui, peut-être, ou même encore ceux d'avant. Comme pendant les guerres. On pourrait parler à Desmond, le concierge. Il est vieux et il est ici depuis toujours.

Felix fronça les sourcils.

— Le concierge ?

Il me dévisagea ensuite comme si un pingouin était en train de poser une division sur mon front.

— Oui, Desmond. Un vieux qui passe la serpillière et qui hurle aux élèves de ramasser leurs satanées ordures.

Le regard qu'il me lança aurait pu faire fondre un homme plus faible.

— Je sais ce que fait un putain de concierge, Rowe. D'accord, on lui parlera, mais je ne vois pas ce qu'un homme qui nettoie derrière des enfoirés dans notre genre aurait à nous dire qui pourrait être un tant soit peu divertissant.

Je haussai les épaules. La cloche sonna. Felix se leva et quitta sa chaise en un éclair. Je saisis mon sac à dos, par terre, et me hâtai de le rattraper dans le couloir. Je contournai l'équipe de basket qui se déplaçait en meute. Christen, le capitaine, me tendit son poing quand je passai à côté de lui.

— Hé, Sinclair, appelai-je mon partenaire d'anglais.

Je lançai un sourire mielleux à Chelsea, qui agita les doigts d'un air pudique, au milieu d'un groupe d'adolescentes. Elles gloussèrent et chuchotèrent quand je passai hâtivement à côté d'elles. Felix avançait tout aussi péniblement, mais avec détermination.

— Hé, tu as besoin de mon adresse, dis-je en le rattrapant devant la salle du personnel du bâtiment d'anglais.

Il fit volte-face, me fusilla du regard et chassa ma main de son épaule. Je levai mes paumes vers lui.

— Mec, détends-toi.

— Ne me touche *pas*, Rowe.

— Si tu t'étais arrêté quand je t'ai appelé, je n'aurais pas eu besoin de toucher Son Altesse Royale.

— Va te faire foutre.

L'envie brûlante de frapper le bout de son nez était forte.

— Mec, laisse-moi seulement te donner mon adresse. Ou alors, tu as prévu de laisser ton chauffeur conduire dans tout Harrisburg à la recherche de ma maison ?

Il me fixa du regard, comme s'il voulait avoir des yeux laser tel le Protecteur, dans *The Boys*. Puisque ça n'arriva pas, il sortit son portable de sa poche, tapa le code secret et me le passa. J'entrai mes coordonnées et lui redonnai ce fin smartphone noir pendant que les couloirs commençaient à se vider.

— Tu vas le prendre ou pas ? Je dois aller en cours de chinois avancé, dis-je en lui mettant l'objet entre les mains.

Il le prit lentement avant de l'observer brièvement.

— Je serai là à dix-huit heures.

Il tourna les talons et détala. Je le scrutai tandis qu'il s'en allait et je me demandai ce qu'il y avait, chez cet homme, qui pouvait me faire ressentir une colère extrême une seconde, puis une tristesse méconnaissable la seconde d'après. La cloche menaçante sonna.

— Merde !

Je décollai et courus jusqu'à ma salle de classe. J'arrivai quand la seconde et dernière sonnerie retentissait.

Madame Chen regarda sa montre et se tourna ensuite vers moi.

— Vous vous en êtes bien sorti, monsieur Madsen-Rowe.

J'acquiesçai, m'affalai sur ma chaise et fis un clin d'œil à Courtney. S'en sortir n'était pas qu'une question de vie ou de mort, comme le disait mon grand-père. Il s'agissait également d'arriver en cours à l'heure.

JE DEVINAI que Felix avait un bon point pour lui. La ponctualité.

Il appuya sur notre sonnette à dix-huit heures tapantes.

Qui arrivait à l'heure précise, sérieusement ? C'était bizarre. *Il* était bizarre.

Je le laissai tout de même entrer et remarquai une berline noire qui attendait dans la rue. Felix se tenait sous le porche, avec un jean, un débardeur orné d'un bibendum maléfique en guimauve et les dernières Nike à la mode. Ses cheveux étaient peignés et son regard se posait sur tout ce qu'il y avait derrière moi, comme s'il craignait d'entrer dans une maison du jeu *Silent Hill*. Je jetai un coup d'œil derrière moi et vis le chien foncer dans notre direction, la langue pendante. Lottie courait après le labrador avec une baguette magique à la main et un pied nu. Elle avait tendance à perdre ses chaussures et ses chaussettes. Ten appelait ça son don spécial.

— Prépare-toi, dis-je à Felix.

Il écarta les jambes et écarquilla les yeux quand Gordie

le heurta de plein fouet. Je tendis la main vers son collier tandis que Lottie criait des incantations magiques pour que le chien s'asseye et soit gentil. Elle devait encore travailler sur sa magie. Gordie accueillit Felix comme il le faisait avec tout le monde : en agitant la queue, en donnant des coups de langue et en laissant ses pattes arrière piétiner joyeusement.

— Assis, assis, assis, assis.

— Assis, bon sang ! hurla Lottie en lançant un autre sort imaginaire sur le labrador couleur chocolat, aussi connu sous le nom de monstre baveux.

Je ris à cause de son juron. C'était totalement la faute de Ten. Même s'il ne le disait qu'une fois par jour, c'était comme s'il le disait un millier de fois.

— Bonjour, beau garçon. Bienvenue dans notre maison. Voici Gordie, qui n'est pas très bon à l'école des chiots.

Lottie tendit la main pour qu'il la lui serre, tandis que je luttais pour éloigner le cabot du visage choqué de Felix. Je devais bien avouer qu'il ne perdit pas les pédales. Probablement parce que Lottie était là et lui souriait en lui tendant une main poisseuse.

— La règle des quatre pattes, grognai-je à l'animal en guidant ses pattes avant vers le sol. Les quatre restent sur le sol, tu te souviens ?

J'eus en retour un bref aboiement joyeux.

— Il ne s'en souvient pas du tout. Excuse-moi, beau garçon, j'attends.

Elle secoua la main devant Felix, qui semblait un peu déboussolé. Ses joues étaient rouges et couvertes de bave de chien. Ses cheveux auparavant bien coiffés rebiquaient et ses yeux étaient arrondis. Lottie avait raison. C'*était* un beau garçon.

— Je m'appelle Charlotte Madsen-Rowe.

— Oh, euh, Felix.

Il parut reprendre ses esprits et se pencha pour lui serrer la main. Gordie, qui était maintenant assis, ou presque, aboya une nouvelle fois.

— Je suis ravi de te rencontrer, mademoiselle Charlotte.

Elle fit une révérence avant de s'en aller en courant, suivie par le chien. Milo descendit l'escalier d'un pas lourd avant de marquer une pause pour dévisager ouvertement Felix.

— C'est ton invité ? me cria Jared en suivant mon frère depuis l'étage. Oh, oui, c'est lui. Entre, Felix. Nous nous lavions juste les mains avant d'aller dîner. J'espère que tu aimes les spaghettis, c'est le seul plat que Tennant sait préparer sans déclencher les détecteurs de fumée.

— J'ai entendu ! hurla son époux depuis la cuisine.

Felix avait désormais fait un pas à l'intérieur et il observait Jared, bouche bée, tandis que celui-ci poussait Milo vers la cuisine. Il fallait vite l'accompagner jusqu'à la table, quand il s'était lavé les mains, sinon il se salissait en un clin d'œil. C'était le don de Milo.

— Tu peux nettoyer la bave du chien ici, dis-je en l'éloignant de la folie puis en fermant la porte d'entrée.

Je le menai vers de petites toilettes, donnant sur le salon. Il s'agissait d'une petite pièce peinte en couleur pêche et blanc, avec des cabinets et un lavabo, mais pas de douche.

— Tu veux que j'attende dehors avant de te guider vers la cuisine ?

— Je t'en prie.

Il me claqua la porte au nez.

Je pris une longue inspiration et expirai par le nez en

me disant de profiter d'un moment zen. Je me rendis dans la cuisine. Ten était devant les fourneaux et mélangeait des pâtes. Jared attachait Lottie sur sa chaise haute et Milo donnait un morceau de pain à l'ail à Gordie. Ten me jeta un coup d'œil par-dessus son épaule.

— Où est ton ami ? demanda-t-il en sortant un spaghetti de la casserole pour souffler dessus.

Il aimait les pâtes fermes, tandis que Jared préférait quand elles étaient bien cuites. La bataille sur la cuisson des pâtes avait lieu chaque semaine, ici.

— S'il te plaît, fais-les cuire un peu plus longtemps, plaida Jared en se dirigeant vers le frigo pour prendre les boissons.

— Bien sûr, accepta Ten en éteignant la plaque et en me faisant un clin d'œil.

— Ce n'est pas vraiment mon ami. C'est un coéquipier et un partenaire de travail, clarifiai-je en tirant ma chaise.

— Va l'attendre. Ce n'est pas poli de le laisser déambuler dans la maison et nous chercher, déclara Jared en sortant une bouteille de lait du frigo.

Je soupirai avant de remonter le couloir pour attendre Felix comme un idiot. Lorsqu'il sortit, ses cheveux étaient mouillés et collés à son visage. Celui-ci était rose, tant il l'avait frotté, et il me fusillait du regard.

— Ne dis rien, lui intimai-je avec mauvaise humeur. Papa m'a obligé à revenir. Par ici.

Je le guidai vers la cuisine.

— Le voilà. Sain et sauf. Heureusement que j'étais là pour le guider jusqu'ici, sinon il aurait pu s'aventurer dans ma salle de jeu où il aurait disparu pour toujours.

Jared et Ten me lancèrent tous les deux ce regard qui

signifiait « je suis amusé, mais je fais semblant de ne pas l'être ».

— Bienvenue chez nous, Felix, dit Jared en souriant.

Il servit ensuite un peu de lait à Milo.

— Je suis Jared et, là-bas, c'est Ten, qui sous-cuit les spaghettis.

Ten agita une fourchette à spaghettis pour le saluer.

— Ravi de te rencontrer, Felix.

— C'est un véritable honneur d'être ici, dit ce dernier en se tenant derrière une chaise vide aussi raide qu'un bâton.

— Mec, on n'est pas à l'école militaire, tu peux t'asseoir et te détendre, lui chuchotai-je.

Je lui donnai un coup dans les côtes qui le débarrassa de cet air admiratif ornant son visage. C'était habituel, quand les gens rencontraient Jared et Ten. Surtout Ten. Et surtout si la personne qui les rencontrait était un joueur de hockey qui s'y connaissait rien qu'un petit peu en sport. Ten était le phénomène de sa génération, un futur nominé au Temple de la Renommée du hockey et l'une des plus grandes stars de ce sport. Moi aussi, la première fois, j'avais été ébahi, mais désormais, il n'était que mon père.

Felix rougit avant de se laisser tomber sur sa chaise avec son sac à dos sur les genoux. Jared rit avant de lui prendre son sac et de le placer sur le dossier de la chaise. Ten apporta un immense plat de spaghettis aux boulettes de viande – mamie les préparait et il les congelait – sur la table. Jared apporta un saladier rempli de verdure agrémentée de tomates cerises, de carottes râpées et de morceaux de concombre.

— Servez-vous, dit Ten en s'asseyant à côté de Lottie.

Nous commençâmes à remplir nos assiettes de pâtes

fumantes. L'arôme de la sauce tomate à l'ail envahit cette grande cuisine chaleureuse. Felix ne semblait vraiment pas à sa place, ici. Ses épaules étaient crispées, sa mâchoire serrée et ses lèvres pincées.

— Alors, Felix, as-tu hâte que la nouvelle saison des Coyotes commence ? demanda Jared en ajoutant quelques morceaux de bacon à sa salade avant de passer le bol à Ten.

Lottie prit un morceau de concombre dans son assiette et le jeta dans sa bouche. Elle ne mangerait que ça. Milo, quant à lui, récupérait les carottes râpées.

— Oui, monsieur, j'ai vraiment hâte, répondit Felix.

Son assiette et son bol de salade étaient encore vides.

— Bien, je parlais justement à Ten de votre équipe de cette année. Je sais que vous avez perdu beaucoup de joueurs clés, quand les élèves de troisième et quatrième années ont rejoint l'équipe universitaire, mais votre cœur défensif est fort. Je crois qu'avec un entraînement intensif, ils peuvent aisément compenser la perte de Johnson et Waite.

Ten intervint :

— Carrément. Les attaquants sont en forme. Je serais ravi de venir, un jour, pendant l'entraînement et de passer du temps avec vous sur la glace, dit-il en enroulant des spaghettis autour de sa fourchette.

Gordie geignit doucement sous la table, uniquement pour nous rappeler qu'il était là et qu'il mourait de faim. Enfin, pas littéralement. Il avait été nourri dix minutes plus tôt afin de ne pas faire sa comédie « pauvre de moi, je meurs de faim » quand nous avions de la compagnie.

— Vraiment ? demanda Felix d'une voix essoufflée.

Ten sourit et hocha la tête.

— Ce serait incroyable. Vraiment incroyable. Vraiment bien, je veux dire, ce serait vraiment bien.

Il sourit alors. Felix Maxwell-Sinclair sourit et je jure devant Dieu que ce sourire se refléta dans ses yeux. Il fut transformé. Ma fourchette enroulée de spaghettis resta bloquée sur ma lèvre inférieure alors que je constatais, émerveillé, qu'un sourire pouvait transformer un homme. Oui, Lottie avait sérieusement raison.

Felix n'était pas seulement beau, il était magnifique.

Chapter Huit

Felix

JE JETAI UN COUP D'ŒIL À LA FEUILLE PUNAISÉE AU MUR POUR notre premier entraînement sur la glace. Cette composition n'était pas gravée dans le marbre, elle n'était basée que sur ce que le coach Sennett savait de nous grâce à l'année dernière, mais je ressentis tout de même un frisson quand je vis que j'avais pu conserver le statut de seconde ligne dans l'esprit du coach. De plus, il ne m'avait pas associé à cet abruti de Soren ou à ce gamin, Tyler. Comme nous nous y attendions, Shaun était notre capitaine.

PREMIÈRE LIGNE

Centre : #3 Shaun Stanton (capitaine) – Deuxième année
Gauche : #10 Will Bradrick – Deuxième année
Droite : #34 – Gavin Neely – Deuxième année

. . .

SECONDE LIGNE

Centre : #19 – Jonathan McCombs – Première année

Gauche : #14 – Jack Neeley – Première année

Droite : #17 – Felix Maxwell-Sinclair – Deuxième année

TROISIÈME LIGNE

Centre : #21 – Caleb Baker – Deuxième année

Gauche : #16 – Soren Madsen-Rowe – Deuxième année

Droite : #18 – Tyler Corrigan – Deuxième année

QUATRIÈME LIGNE

Centre : #15 – Carson Britt – Deuxième année

Gauche : #46 – Auden Smith – Deuxième année

Droite : #56 – Asher Perez – Deuxième année

DÉFENSE *1*

#2 – Michael Ponatello – Première année

#4 – Mark Anderson – Deuxième année

DÉFENSE *2*

#6 – Riley Jackson – Première année

#22 – Dominic Wishor – Deuxième année

DÉFENSE *3*

#24 – Lance King – Deuxième année

#41 – Seth Foster – Première année

• • •

GARDIEN

G1 – #31 – Elijah Carter-Collins III – Gaucher – Première année

G2 – #40 – Cullen Perry – Gaucher – Deuxième année

– JOLI, dit Johnny à mes côtés avant de cogner mon poing.

Maman disait toujours que nos relations nous permettaient d'en être là où nous en étions et le père de Johnny travaillait dans les fonds spéculatifs. J'aimais rester en contact avec lui, au cas où ma relation avec lui me préparerait le terrain pour un bel avenir. Enfin, nous n'étions pas amis. Pour une raison quelconque, il ne souhaitait pas que nous le soyons, du moins, pas au point de passer du temps ensemble. Manifestement, je n'attirais pas les amis de ce genre, simplement des gars comme Jonah et Miles qui, vous savez, n'étaient pas vraiment des *amis*.

Qui avait besoin d'amis, de toute manière ?

— Ce n'est pas la liste définitive, nous fit remarquer Jack, notre ailier gauche ajouté au crayon.

Il savait – nous savions tous – qu'il était trop doué pour rester sur la seconde ligne indéfiniment. Tout comme son grand frère, Gavin, qui était en première ligne, il était destiné à une carrière professionnelle. Tout le monde le disait. On ne savait pas vraiment jusqu'à quel niveau professionnel il irait, mais ils étaient tous les deux obsédés par une future carrière sur la glace. Je restais hors de la chamaillerie entre les deux frangins, comme je ne m'en préoccupais pas vraiment.

— Qui a fait remonter Soren en troisième ligne ? demanda Auden en fronçant les sourcils devant la feuille.

Il était probablement agacé d'avoir été relégué en quatrième ligne alors que Soren avait pris sa place.

— Ce n'est pas grâce à ses talents sur la glace, dis-je avant de laisser mon commentaire en suspens.

Auden jeta un coup d'œil dans ma direction et acquiesça.

— Tu crois…

— Peut-être que l'un de ses nouveaux papas a payé sa place, lançai-je impassiblement.

Je vis Auden écarquiller les yeux, avant de regarder tour à tour mon visage et quelque chose derrière moi.

Il devait s'agir de Soren – lui, qui m'avait invité à son putain de dîner de famille parfait, qui avait une demi-sœur adorable, et un idiot de frère qui m'avait dévisagé toute la soirée. Qu'ils aillent se faire foutre, avec leur gentillesse. Ten avait promis de nous rendre visite à la patinoire, Jared avait été parfaitement sérieux et m'avait posé des questions sur les vacances (quelles vacances ? Ma famille ne connaissait pas, ça), mon avenir (l'argent) et mon équipe de hockey préférée (les Railers, d'abord, les Storm de Los Angeles, ensuite, et un grand non pour l'équipe de Boston parce que j'avais mes raisons).

— J'imagine qu'être récupéré dans les égouts par la royauté du hockey, ça fonctionne, dis-je avant de me retourner nonchalamment et de trouver Soren juste derrière moi, comme je l'avais imaginé.

Je le parcourus du regard, de ses cheveux retombant parfaitement à ses chaussures éraflées, puis je remontai avant d'incliner le menton.

— Oups, murmurai-je.

Je me préparai à être frappé, à être bousculé ou à entendre ses mots particulièrement défensifs. Il me lança plutôt un regard que je ne pus entièrement déchiffrer, mais qui en disait long sur ce qu'il pensait de moi.

Peu importait.

— Troisième ligne, Rowe, marmonnai-je au cas où il ne l'aurait pas vu, avec ce faiblard de Tyler sur ton aile. Bon sang, je me sens triste pour Caleb qui est coincé entre vous deux.

— Je suis ravi d'être là avec Soren et Tyler, dit l'intéressé en arrivant à mes côtés.

Il tendit son poing à Soren, qui sourit d'un air sincèrement heureux en voyant le nouvel arrivé. Avant, j'appréciais Caleb, de manière assez étrange – après tout, il jouait du violon et nous discutions en cours de musique –, mais qu'il aille se faire foutre. S'il était content de jouer avec Soren, alors cela lui faisait perdre des places dans mon registre de… eh bien, dans mon registre quelconque.

— Moi aussi, ajouta Tyler.

Je me demandais quand ce morveux, qui s'était imposé dans ma famille, était arrivé. Comme vous l'imaginez, je le confrontai immédiatement et vis ses épaules se voûter tandis qu'il faisait un pas pour se rapprocher de Soren.

— Tu ne le seras plus, quand Soren merdera.

J'époussetai une peluche imaginaire sur la veste de ce dernier. Il ne tressaillit nullement, mais je remarquai la manière dont ses poings se contractèrent de chaque côté de son corps. Oh, comme j'aimerais visiter une nouvelle fois le bureau du principal afin d'expliquer à quel point je me sentais mal, après m'être fait frapper par Soren. Un an plus tôt, je l'avais provoqué et il m'avait frappé si fort que j'avais rebondi contre un casier. Bon sang, il avait eu des problèmes après ce coup-là. Je n'en étais pas ressorti aussi indemne que je l'avais espéré, mais ça n'avait pas fonctionné, de toute façon, car aucun de mes parents n'avait pris la peine de venir au rendez-vous. Tout de même, il avait été satisfaisant de regarder ses sauveurs, ses parents, donc, le faire sortir du bureau.

Soren et moi luttâmes courageusement avec nos regards. Il finit par jurer dans sa barbe et partit vers les vestiaires, Tyler et Caleb dans son sillage. Le reste de l'équipe les suivit ensuite et j'entrai en dernier, comme si je me fichais du casier devant lequel je m'asseyais. La seule place restante était à côté de notre capitaine, Shaun Stanton, et il me jeta un coup d'œil en biais quand je m'assis, mais il ne me demanda pas de bouger. Prenez ça, l'équipe. Je suis à côté du capitaine.

Nous nous préparâmes à aller sur la glace et attendîmes que l'entraîneur arrive pour son discours habituel avant notre premier entraînement sur patins. L'envie de commencer à jouer au hockey me démangeait. Cela m'avait manqué, pendant l'été, bien que ma mère m'ait autorisé à passer de longs moments à la patinoire, quand je lui avais rendu visite à New York. Même si elle avait fait cela pour que je ne sois pas dans ses pattes, j'avais apprécié le mini-stage estival et j'avais appris de bonnes choses – des choses avec lesquelles j'allais éblouir le reste de l'équipe quand nos lames toucheraient enfin la surface glacée.

— Notre match contre Hershey est dans cinq semaines. Entre ce moment et maintenant, je veux voir un bon entraînement, ce qui inclut du temps passé à la salle de sport pour…

Je me déconnectai du discours, puisque c'était le même que l'année dernière.

— … Madsen-Rowe.

Je me reconcentrai sur ce qui était en train d'être dit et je vis tout le monde chuchoter. Il y eut même quelques cris. Mon regard se porta immédiatement sur Soren, mais il observait le sol et je me demandai si, peut-être, il avait été réprimandé.

— Génial ! J'espère qu'il viendra avec Stan, dit Elijah, notre gardien, de l'autre côté de la pièce.

— Et Adler ! J'adore Adler, cria Riley tandis que le bruit dans la pièce ne cessait d'enfler.

— Calmez-vous, calmez-vous ! cria le coach par-dessus tout ce bruit.

Il souffla ensuite dans son sifflet, ce qui les fit tous arrêter.

— D'après ce que j'en sais, monsieur Madsen-Rowe viendra tout seul et n'amènera pas l'intégralité de l'équipe des Railers de Harrisburg.

Le coach lança un regard appuyé à Soren, qui devint écarlate et se pencha pour jouer avec le ruban adhésif sur sa crosse.

Sa crosse identique à celle de Tennant Madsen-Rowe.

J'avais la même, mais moi, j'avais dû l'acheter. Je pariais qu'il obtenait un tas de trucs gratuitement – des maillots et tout –, même si je ne m'inquiétais pas de tout ce que j'avais à payer, étant donné l'argent dont j'avais hérité (ou plutôt ma mère). Tout ce que j'avais à faire, c'était de la regarder ou, si j'étais particulièrement perfide, je n'avais qu'à envoyer un message à ma mère et à mon père pour qu'ils se battent l'un contre l'autre. Enfin, papa ne jouait plus vraiment le jeu, à vrai dire. Il était de moins en moins le père que je connaissais et de plus en plus… Je ne sais pas. Il me posait des questions sur l'école et tentait de me montrer de l'intérêt.

Arrête de radoter.

Pourquoi Soren ne gardait-il pas la tête haute afin de montrer à quel point il était fier d'avoir réussi à faire venir son père ici ? Il avait accompli l'impossible et uniquement grâce à la personne qui l'avait adopté, nous lui étions tous redevables. Pourquoi n'était-il pas heureux, bordel ?

— … donc, j'aimerais que vous veniez tous armés de questions pertinentes pour notre invité et je sais que je peux compter sur vous pour vous unir en tant qu'équipe et lui montrer de quoi sont capables les Coyotes. Allez les Coyotes !

— Allez les Coyotes ! répondit l'équipe.

Toutefois, j'étais plus intéressé par l'embarras de Soren que par un cri de ralliement. Cette image de lui, avec les joues roses, m'accompagna sur la glace. Il m'avait vu quand j'étais le plus vulnérable, quand j'avais été tout excité à l'idée que son père vienne au lycée. Bon sang, il m'avait plus ou moins vu m'évanouir à sa table, ou presque, à l'idée que je puisse parler à Tennant et mieux encore, que je puisse patiner à ses côtés.

Le poster de Ten était mon plus grand et il représentait tous mes fantasmes réunis. Le fantasme s'était-il atténué quand je l'avais vu s'engager dans une bataille de spaghettis avec Milo ? Non. Avait-il été terni quand Milo et lui avaient entamé un concours de rots ? Non. Mon obsession envers lui n'avait nullement flanché, même s'il s'avérait que, hors glace, il était une personne normale.

Contrairement à Soren, que j'avais surpris durant le dîner en train de me regarder avec un air choqué, ou quelque chose de tout aussi merdique comme s'il faisait des commentaires sur mon enthousiasme. Je ne voulais pas qu'on se moque de moi. Je ne voulais pas que Soren me juge. Le ressentiment avait bouillonné et tourbillonné en moi depuis le moment où il avait rangé ses stylos et décidé que nous en avions suffisamment fait pour la soirée. Heureusement, nous avions travaillé dans la salle à manger et non dans sa chambre, et j'avais donc pu apercevoir plus longuement Tennant et son mari.

Ils étaient affectueux au point d'en devenir écœurants, mais même cela n'avait pas terni l'armure scintillante de mon héros. Je devais bien admettre – en privé – qu'il était étrange et troublant de voir une famille *normale* faire des choses *normales*. Jared nous avait même posé des questions sur notre projet, assis à la table et parlant d'Histoire. Il nous avait aussi donné un lien vers une fondation historique dirigée par l'ami d'un ami qui, apparemment, serait heureux que nous lui rendions visite. Il nous avait dit que cela lui manquait de travailler sur des projets avec son autre fils, Ryker, encore un autre joueur de hockey qui brillait et vivait sa meilleure vie, bien que ce soit avec les Raptors de l'Arizona, une équipe que je ne suivais pas.

Au moins, Ryker était son fils de sang, pas un rejeton chanceux qui avait été choisi comme Soren et Milo. Sagement, j'avais gardé cette réflexion pour moi.

Je ne suis pas jaloux.

— La Terre à Félix.

Le coach claqua des doigts devant mon visage.

Je me raidis.

— Oui, Coach ?

— Tu restes planté là…

D'un signe de la main, il me désigna, puis me montra la pièce.

Je me rendis compte que tout le monde avait quitté le vestiaire. Je jouai donc avec mon lacet comme si c'était lui qui m'avait retardé. Je me relevai ensuite et lui fis un salut militaire.

— J'y vais, Coach.

— Felix ?

Je m'arrêtai au bout du couloir menant à la patinoire et me retournai pour être face à lui.

— Oui, Coach ?

— Ne refais pas comme l'année dernière. Reste clean, parce que même si tu es bon pendant les matchs, si jamais ça dégénère…

Il haussa un sourcil. Il n'eut pas besoin de finir, c'était un avertissement pour que je reste loin des ennuis. Il me faisait le même discours chaque fois qu'il m'écartait du troupeau. J'avais tendance à écraser les autres joueurs, et alors ? Je me servais des matchs pour évacuer la tension, et alors ? Tout ce que j'entendis dans sa déclaration fut que j'étais bon, selon lui.

Cette victoire me convenait à toute heure.

À l'instant où mes patins touchèrent la glace, je ressentis une certaine paix me submerger. C'était mon arène, mon champ de bataille, et l'anxiété que je portais sur mes épaules s'évacua, un glissement après l'autre. Je ne me sentais pas tremblant, hésitant, indigne, seul, furieux ni rien d'autre quand j'étais sur la glace. J'avais le pouvoir, ici – sur chaque glissement, chaque frappe dans le palet –, et la perspective de cette année m'emplissait de joie. Je m'arrêtai juste devant notre gardien et l'éclaboussai d'éclats de glace.

— Trouduc ! cria Elijah en me souriant.

Je ne pus m'empêcher de lui sourire également. Nous étions de retour.

Chapter Neuf

Soren

— ... SUR CERTAINS EXERCICES DE GRANDE VITESSE, travailler sur les passes en coup droit et revers, et sur les monotouches. Ça nous aidera à nous requinquer après un long été de congés et, en plus, ça me montrera ce sur quoi nous devrons travailler davantage pendant nos entraînements, à l'avenir, dit le coach.

Nous étions agenouillés sur la glace autour de lui et des deux entraîneurs bénévoles. Je ne cessais de regarder Felix, agenouillé avec quelques autres gars, ses cheveux blond brillant dépassant à l'arrière de son casque. Ils étincelaient comme de l'or filé sous les vives lumières de la patinoire. Il y avait quelque chose de différent chez lui. J'avais vu un côté plus mignon de sa personnalité au dîner, rien qu'une minute ou deux, et c'était comme si quelqu'un avait appuyé sur un interrupteur dans ma tête. Enfin, ce mec était toujours un crétin, mais désormais, je savais qu'il pouvait être convenable. Il avait réellement souri. Il ne m'avait pas souri, évidemment, il s'était adressé à Ten, ce qui démontrait qu'il *pouvait* être gentil.

L'étudiant de près, alors qu'il observait notre entraîneur, je ne pus m'empêcher de remarquer son profil. Bien qu'il soit dissimulé sous sa grille, je pouvais profiter de la vue. Felix était très beau, même s'il levait le menton avec prétention comme les gosses de riches le faisaient quand il était au repos. Il hocha la tête à cause de ce que le coach dessinait désormais sur son bien-aimé tableau blanc. (Cet homme devait dormir avec le tableau, ce qui rendait probablement sa femme folle.) Felix se lécha ensuite les lèvres. Ma verge le remarqua, ce qui me fit flipper au point où je m'étouffai avec ma salive, et tout le monde sur la glace m'observa bouche bée alors que j'avais un haut-le-cœur.

— J'ai avalé de travers, soufflai-je.

Je réussis à sourire tout en crachant un de mes poumons.

Felix me dévisagea un long moment avant de secouer la tête. Il recommença ensuite à prêter attention au coach. Je devrais également le faire, au lieu de me demander pourquoi je n'avais jamais remarqué la manière dont ses cheveux bouclaient à la base de sa nuque ou qu'il avait une fossette. Pour ma défense, je ne l'avais jamais vu sourire auparavant. Cette fossette était donc son arme cachée. Sa peau était claire, ses yeux d'un bleu brillant et ses joues couvertes d'une fine couche de sueur. S'il tournait la tête sous le bon angle, je voyais la moustache dorée au-dessus de sa lèvre supérieure et une fine barbe le long de sa mâchoire. Quand avait-il commencé à se raser ? Se rasait-il souvent ? Je passais un rasoir sur mon visage trois fois par semaine, mais j'étais brun et Felix ne l'était pas. Je pariais qu'il avait une peau délicate, donc peut-être ne se rasait-il qu'une fois par semaine ou…

— Monsieur Madsen-Rowen, tu veux bien répéter ce que je viens de dire ?

Je clignai des yeux pour me reconcentrer sur le moment. Tout le monde attendait que je réponde. Merde.

— Euh, eh bien, je crois que nous devrions tous travailler dur sur nos passes.

Je lançai ensuite un sourire radieux au coach.

— Nous devrions y aller, jouer comme des acharnés et bosser tous les jours sur notre jeu.

— Pour citer Tennant Rowe, intervint Cullen, l'un de nos gardiens.

Oh, c'est vrai, c'était *là* que j'avais entendu cette phrase.

— J'ai cru que Joe Thornton l'avait dit. Au temps pour moi.

Mes coéquipiers ricanèrent et Felix leva les yeux au ciel.

Le coach laissa échapper un soupir sincère.

— Cela va sans dire. Ce que je vous expliquais, messieurs, c'est qu'il est primordial de parfaire vos passes, maintenant, afin que nous n'ayons pas autant de rotations que lors de la saison dernière. Lors d'une rotation régulière sur la glace, je veux des passes nettes et propres, de crosse à crosse, jusqu'au gardien devant lequel vous essaierez de tirer. Bien. Je veux que vous vous mettiez en binôme pour cet exercice. Messieurs les gardiens, s'il vous plaît, allez rejoindre vos filets pendant que nous installons les cônes.

Les joueurs se mirent rapidement en binôme. Je jetai un coup d'œil aux alentours et il ne restait plus que Felix et moi. Ouais, je le comprenais carrément. Personne n'avait envie de le gérer. Il était *casse-pieds* comme le dirait mamie, mais (et c'était un grand, mais) j'avais vu un côté plus tendre de sa personnalité. Je ne l'avais qu'aperçu, mais il était bien là, dissimulé sous un millier de couches d'âneries. Je savais que j'allais probablement payer pour ma gentillesse, mais je patinai jusqu'à lui et croisai son regard suspicieux en haussant les épaules.

— J'imagine qu'il n'y a plus que toi et moi, dis-je alors que les entraîneurs disposaient des cônes au centre de la glace, autour du logo des Coyotes, avant de souffler dans leur sifflet.

— Peu importe, marmonna Felix autour de son protège-dents.

Cool. On allait passer un bon moment. Soupirant, je cherchai au plus profond de moi ce mec gentil qui vivait là. Lui aussi, il s'était caché trop longtemps, depuis l'époque où Milo et moi passions de famille d'accueil en famille d'accueil. L'une des premières leçons que j'avais apprises en étant dans le système était que si on laissait les gens se rapprocher de nous, on finissait blessé. Même maintenant, j'avais tendance à garder pour moi ce qui m'était important, mais vivre avec Ten et Jared était en train de changer ça. J'étais prêt à m'ouvrir un peu, avec mes pères et mes grands-parents. Et cette confiance déteignait sur les autres. Je soupçonnais Felix de dissimuler sa tendresse pour une raison ou une autre. Je savais bien ce qu'un homme ressentait en empruntant cette route et je me disais donc que je pouvais y marcher à ses côtés. Ou peut-être me demanderait-il de le laisser tranquille. C'était son droit.

— Cool. Commence. Je vais attendre et récupérer ta passe.

Je tendis la main pour tapoter le haut de son casque.

Il me dévisagea comme si j'avais perdu la tête.

— Ne me touche pas, rétorqua-t-il d'une voix glaciale avant de se retourner pour être face au coach.

Ouais, la route serait sacrément longue. Sacrément. Longue. Comme si elle reliait l'Australie à la Pennsylvanie.

— Et ne gâche pas tout avec ton incapacité à manier les palets, lança-t-il par-dessus son épaule.

Bon sang, à cause de son comportement, il était difficile d'être gentil.

— Inquiète-toi déjà de *ton* incapacité à manier les palets.

Voilà. Ça lui apprendrait.

Ou pas.

Felix s'éloigna, récupéra le palet que l'entraîneur lui passa, puis se retourna pour être face au but de notre côté de la glace. Je partis à toute vitesse, depuis les panneaux de protection, pour récupérer sa passe, puis je la lançai avec force tandis que nous parcourions la glace. Il était loin d'être incapable de manier les palets. Il n'était pas Patrick Kane, mais bon, je n'étais pas Sidney Crosby ni Tennant Rowe, non plus. Si seulement je pouvais choper le talent de Ten dans l'air. Comme un rhume, sauf qu'il s'agirait cette fois-ci d'aptitudes folles.

Nous glissâmes jusqu'au but et je lui lançai une passe médiocre au bout de sa crosse. Le gardien se décala aisément pour bloquer le tir. Je levai les pouces en regardant Elijah afin de renforcer sa confiance en lui. Sa nervosité était évidemment toujours présente, bien qu'il ait réussi son coup.

— Pas trop mal, dit Felix alors que nous patinions pour revenir à l'arrière de la file et attendre notre tour.

— Merci. Si le palet n'avait pas été sur le côté et si chancelant, tu aurais eu une meilleure opportunité pour marquer, répondis-je en me penchant au-dessus de la rambarde pour trouver une bouteille d'eau.

Il me dévisagea ouvertement, ses yeux bleus écarquillés derrière la grille de son casque.

— Oui, eh bien, fais mieux la prochaine fois, répliqua-t-il.

Pourtant, sa réponse manquait d'animosité sincère.

Nos coéquipiers, devant nous, ne cessaient de nous jeter des coups d'œil par-dessus leurs épaules rembourrées et la confusion se lisait sur leur visage. J'imagine qu'ils essayaient de comprendre pourquoi j'étais aussi gentil avec un tel con. Je me posais plus ou moins la question aussi. Enfin, bien sûr, c'était ce qu'il y avait de plus gentil à faire et mes pères me disaient toujours de faire ce qu'il fallait et d'être gentil. Et oui, il était assez bien foutu. Franchement canon, pour être honnête. Mais sa beauté n'avait pas grand-chose à voir avec… Non, ça avait beaucoup de choses à voir avec ça. Hashtag Soren est superficiel.

Nous passâmes une heure de plus à effectuer des exercices sur nos passes et quand le coach nous congédia, nous étions tous prêts à arrêter. Nous prîmes d'abord une douche. Évidemment. Je sentais ma propre puanteur quand nous avions quitté la glace. Les discussions et les rires envahirent le vestiaire, puis inondèrent l'immense salle de douche. Nous fûmes plusieurs à discuter d'une virée au restaurant Hot Pot Noodle pour manger de délicieux ramens. Il s'agissait, sans l'ombre d'un doute, des meilleurs ramens de toute la Pennsylvanie, sans mentir.

Sortant de la douche, la serviette autour de ma taille et d'amusants crocs Railers couinant sous mes pieds mouillés, j'espionnai Felix qui se dandinait pour enfiler un jean. Son dos, encore mouillé, était vers moi et je ne pus détourner le regard. Ce mec était élégant, mais musclé, avec de belles épaules s'effilant jusqu'à sa taille fine et ses fesses arrondies, celles que tous les joueurs de hockey arboraient. Si je pouvais en juger par moi-même, je dirais qu'il s'agissait d'une bien belle vue. Quelque chose tressaillit sous ma serviette. Felix se tourna alors vers moi et plissa les yeux lorsqu'il me surprit en train de reluquer ses fesses. La chaleur s'étira dans ma poitrine et sur mon visage.

Vite, Soren, trouve quelque chose à dire !

— Bon, quelques mecs vont à Hot Pot Noodle pour manger des ramens et faire un peu de team-building. Tu veux venir ? lançai-je en sentant les regards noirs de mes autres coéquipiers appartenant à la brigade de la soupe.

Felix me regarda, bouche bée et hébété. Il fronça les sourcils, comme s'il essayait de comprendre ma suggestion.

— Enfin, si tu ne veux pas y aller, que tu as un rendez-vous ou que tu te noies sous les devoirs, je le comprends totalement.

Voilà, je lui offrais une porte de sortie.

Il jeta un coup d'œil aux autres mecs qui fourmillaient autour de nous, puis il hocha lentement la tête. Rien qu'une fois.

— Bien sûr, d'accord, marmonna-t-il avant de me tourner le dos une nouvelle fois.

— Cool, cool, cool, chuchotai-je dans ma barbe.

Je me hâtai vers mon casier à une vitesse si honteuse

que je perdis une crocs et que je dus sautiller sur un pied pour aller la récupérer, car mes coéquipiers étaient des salauds qui préféreraient me voir sautiller, plutôt que de me jeter ma chaussure. Je leur fis un doigt d'honneur à tous.

— Hé, m'interpella Shaun en se glissant à mes côtés.

Je jetai un coup d'œil sur la droite en enfilant mon short.

— Écoute, ça ne me dérange pas que Felix vienne. Il doit s'intégrer un peu plus à l'équipe et tu es la personne idéale pour le guider.

Ah bon ? Pourquoi ?

— Le truc, c'est que Tyler vient aussi manger une soupe, tu vois, et ça va rendre la situation vraiment gênante.

Merde. Je me mordis l'intérieur de la joue.

— Je ne dis pas que Felix n'a pas le droit de venir, mais comme lui et toi, vous êtes apparemment potes, maintenant…

— Mec, on n'est pas potes. On est juste… Je ne sais pas, on travaille sur ce projet de magazine ensemble et on est… coincés avec ça. Je me disais qu'il se comporterait un peu moins comme un trouduc s'il passait du temps avec l'équipe.

— Je comprends totalement, mais s'il commence à foutre la merde, je lui demanderai de partir.

Je hochai la tête. Shaun était le capitaine de notre équipe lycéenne pour une bonne raison. Il adorait cette équipe et le hockey presque plus qu'il n'aimait son chien, Pete. Et il adorait Pete. Ce gars emmenait son petit carlin partout où il allait. Pete était la mascotte officieuse de notre équipe.

— C'est cool. Carrément. Et je te soutiendrai s'il laisse sa personnalité d'abruti ressortir.

Shaun claqua une main sur mon épaule avant de s'en aller. Très bien. Message reçu. Je me dépêchai de m'habiller avant de passer mon sac Chesterford sur mon épaule. J'attrapai ensuite le sac contenant mon équipement et tirai rapidement sur la fermeture Éclair, comme une odeur étrange s'en dégageait. Je franchis la porte pour attendre Felix. Tous les autres étaient déjà partis, mais lui tripotait ses cheveux, pour leur donner un côté échevelé, débraillé et rebondissant. Les mèches dorées semblaient vraiment douces. Comme ses lèvres.

— J'ai quelque chose sur la tronche, Rowe ? aboya-t-il en m'arrachant à mon analyse de sa bouche.

Mon visage rosit une fois encore.

— Non. Je suis juste émerveillé. Je n'ai jamais vu un mec avec une tête qui ressemble autant à un cul de babouin, avant.

Il renifla comme il avait l'habitude de le faire et je ricanai à cause du majeur qu'il leva devant mon visage. Je me décalai ensuite. Nous quittâmes la patinoire sans échanger un mot, mais en restant côte à côte. Le vent chaud balayait le parfum de noix de coco jusqu'à mon visage. J'aimais vraiment l'odeur de son gel douche. J'allais peut-être demander un gâteau à la noix de coco à ma grand-mère, pour le dîner dominical de cette semaine.

Le restaurant Hot Pot Noodle se trouvait à un pâté de maisons du campus de Chesterford. Il se trouvait dans une rue adjacente, face à l'école élémentaire, coincé entre un fleuriste et une librairie où l'on nous encourageait à acheter tout ce qu'il nous fallait pour l'école, ainsi que plusieurs autres magasins dans un centre commercial de plein air.

L'intérieur du restaurant de nouilles était tout en néon et en décoration digne d'un dessin animé asiatique. Les tables étaient de couleur vive tandis que les murs et les sols attiraient directement votre attention, ajoutant à l'atmosphère frénétique qui se mêlait parfaitement aux enseignes néon représentant différents animaux de dessins animés en train de manger des ramens. Une chanson de Lizzo tambourinait depuis les haut-parleurs dissimulés dans tout le restaurant. Cet endroit fourmillait d'activité, la plupart des tables étaient occupées, mais nous en trouvâmes deux près de la cuisine et les rapprochâmes. Felix s'affala à une extrémité, Tyler à l'autre et nous autres, nous comblâmes les chaises vides.

Shaun s'assit d'un côté de Felix et je me plaçai de l'autre. Il était manifestement maussade et resta plongé dans un silence qui ne lui ressemblait pas quand il parcourut le menu.

— Tu es déjà venu ici ? demandai-je.

Je n'avais pas besoin de savoir ce que j'allais prendre. Je commanderais la même chose que d'habitude. Du kimchi, des raviolis frits et des ramens au poulet épicé. Oh, et un grand soda au raisin.

— Non, répondit Felix en levant les yeux du menu pour jeter un coup d'œil méprisant au restaurant bondé.

Leur affaire était démente, comme ils n'étaient qu'à deux pas d'un lycée. Qui n'aimait pas les ramens ?

— Ce n'est pas vraiment le genre d'endroit que je fréquente.

Je jetai un coup d'œil interrogateur à Shaun. Notre

capitaine leva les yeux au ciel avant de recommencer son examen du menu.

— Nous venons tout le temps ici après les entraînements, dis-je en essayant d'être enthousiaste et dynamique.

— Oui, je sais. Je n'ai jamais été invité, avant, répondit Felix avec autant de chaleur qu'une chambre froide.

Oh, merde. C'était brutalement honnête. Je me sentais mal, à présent. Mais pourquoi ? Ce mec était un crétin qui se la racontait auprès de tous ceux qui entraient dans sa ligne de mire. Pourquoi m'inquiétais-je à l'idée qu'il soit un paria ?

— Eh bien, maintenant, tu es invité. Alors, si tu n'es jamais venu avant, je te recommande vivement le kimchi, pour commencer, m'épanchai-je en espérant que nous pourrions passer outre le mépris dont il venait de faire preuve.

C'était plus ou moins sa faute, si nous ne lui avions jamais demandé de venir. Il était toujours si froid, si méchant, si ouvertement violent, parfois. De plus, nous appréciions tous Tyler. Tout le monde l'aimait. Donc, si Felix se comportait comme un salaud avec Tyler, il s'isolait de lui-même, n'est-ce pas ?

La serveuse arriva et prit nos commandes. Nous nous penchâmes ensuite tous au-dessus de la table pour discuter de la vie. Du hockey, des filles, des mecs, des profs, des devoirs, du sport, des films – de tout ce qui nous passait par la tête. Nous discutâmes d'un youtubeur, qui amassait bon nombre de vues grâce à son opinion excentrique sur certains films. Nous racontâmes ensuite des ragots sur un mec de Twitch qui avait été récemment banni de la plateforme. Tyler évoqua une nouvelle série, sur Netflix, parlant d'un adolescent gay qui était en fait un métamorphe.

Je jetai un coup d'œil à Felix quand ce sujet arriva sur la table. Il était trop occupé à manger de minuscules raviolis frits pour avoir l'air agacé. Il avait un certain talent avec les baguettes. Il m'avait fallu des mois pour apprendre comment manger avec. Felix les maîtrisait carrément.

— … est joué par le même mec qui était dans cette série queer sur le football au Royaume-Uni, dit Tyler avec la bouche pleine d'un œuf mollet pris dans son bol de ramens au porc.

— David Anthony Hayes, lança allègrement Felix.

Ses lèvres étaient tachées de la sauce sucrée rose accompagnant les raviolis. Elles me donnaient incroyablement envie de l'embrasser.

— Avant, il jouait réellement au football dans son école avant d'obtenir ce rôle. J'ai adoré cette série. Dommage qu'elle n'ait duré que trois saisons.

Nous devînmes tous muets, nos baguettes à la main, et dévisageâmes Felix comme si un quintette d'aras rouges lisait *Othello* au sommet de son crâne.

— Je ne savais pas que tu aimais les contenus avec des queers, tenta Tyler à l'autre bout de la table.

Felix le regarda fixement, ses joues rougissant tandis qu'il abaissait ses baguettes.

— Je ne vois pas de quoi tu parles, mais je n'ai rien contre ce qui concerne les queers.

J'ouvris légèrement la bouche. Euh, d'accord, c'était nouveau. J'avais peut-être supposé que Felix n'appréciait pas Tyler, car celui-ci avait fait son coming-out, mais ça n'était manifestement pas le cas. La situation était de plus en plus curieuse. Maintenant que j'y réfléchissais un peu plus – la discussion autour de la table se reconcentrant sur qui couchait déjà avec qui, cette année –, Felix n'avait visiblement ressenti aucune gêne, chez moi, l'autre soir. Et on pouvait difficilement faire plus gays que deux papas.

Je poussai mon œuf avec mes baguettes et mon regard s'attarda sur Felix. Il me jeta un coup d'œil. Bon sang. Je m'étais encore fait gauler. Néanmoins, cette fois-ci, il ne semblait pas furieux, peut-être un peu confus.

Je m'éclaircis la voix.

— Donc ouais, je me disais, si tes parents et toi vous êtes d'accord, je pourrais venir chez toi, ce week-end, et on préparerait les grandes lignes de notre magazine pour pouvoir les rendre lundi.

— *Non* ! cracha Felix en m'arrachant presque la tête.

— Waouh, d'accord, eh bien, tu peux venir chez moi, alors. Laisse-moi d'abord demander à mes pères. Ils ont tendance à caser beaucoup de choses en septembre, parce qu'ils sont absents d'octobre à avril, voire plus.

— Bon, oui, demande à tes pères. Je commanderai quelque chose ici et je le ferai livrer, dit-il comme s'il s'agissait des derniers mots de cette conversation.

Ce fut plus ou moins le cas. Pour l'instant.

J'avais tout un tas de questions concernant Felix Maxwell-Sinclair et j'avais besoin de réponses.

Chapter Dix

Felix

Le repas s'acheva aux alentours de vingt et une heures et je sortis à toute vitesse avant que quiconque autour de la table puisse me parler, en dehors de ce petit rassemblement social auquel j'avais à peine survécu.

Soren était coincé derrière une chaise, déjà un de moins, mais Tyler fut sur mes talons et il me rattrapa quand je contournai le mur du restaurant.

— Felix ? m'appela-t-il de sa voix bêtement faiblarde.

Il tenta de m'attraper le bras pour que j'arrête de marcher.

Je fis volte-face et fus satisfait quand il recula d'un pas. Il jeta un coup d'œil autour de lui et oui, il n'y avait que lui et moi, donc s'il pensait qu'il était en sécurité, il se trompait. Je n'avais pas besoin que Jonah et Miles m'épaulent pour montrer à ce gamin qu'il devait me laisser tranquille.

— Quoi ?

— Je voulais te dire…

Il s'éclaircit la voix et marmonna quelque chose.

— Je ne t'entends pas.

— J'ai toute la saison de *Kingston Greens* en DVD, les versions longues. Maman me l'a ramenée de… écoute, si tu veux… la prochaine fois que je viens chez toi, peut-être qu'on pourrait… ensemble, je veux dire.

Je vis rouge. Tel un taureau. J'avançai vers lui jusqu'à ce que son dos heurte le mur et qu'il n'ait nulle part où aller. Il tituba et je m'agrippai à son bras pour le retenir. Et, oui, je le secouai, parce qu'il fallait qu'il sache que j'étais sincère. Je ne pouvais pas empêcher sa mère de tourner autour de mon père, mais je pouvais clairement les faire rompre en passant par Tyler.

— Tu ne connaîtras pas le bonheur avec mon père ! Si ta mère fait encore un pas dans notre maison, j'appellerai les flics et…

— Non ! me cria Tyler au visage.

Il écarquilla les yeux quand il réalisa qu'il venait de me hurler dessus. Soren arriva, dégageant Tyler et se plaçant entre nous deux.

— C'est quoi ton problème, Sinclair ? me rétorqua Soren.

Toi ! eus-je envie de hurler. *C'est toi, mon putain de problème ! Tu m'invites à manger, tu m'accuses de détester les queers, tu es si gentil et tu m'embrouilles carrément ! Tu es le problème, Soren Madsen-Rowe, avec ta maison parfaite, tes deux papas parfaits, ton petit frère qui t'adore et ta sœur qui s'accroche à toi comme si tu le méritais.*

Je ne dis rien de tout ça. Je regardai Tyler, derrière Soren, dont les yeux brillaient. Je l'avais probablement fait pleurer – bon sang, s'il ne fallait qu'un avertissement contre lui et sa mère pour le faire pleurer, alors c'était tout bonnement pathétique.

Personne ne *me* voyait pleurer à cause de toutes les conneries de ma vie.

Je dévisageai Soren. Nous étions tous dans un rayon de lumière provenant de la vitrine du fleuriste.

— Bref, crachai-je.

— Tyler, retourne dans le restaurant, murmura Soren.

Tyler détala immédiatement.

— Ohhh, regarde-toi. Tu sauves ton petit ami du grand méchant Felix.

Mon cerveau n'était plus correctement relié à ma bouche.

— Je parie à cent contre un que grâce à ça, il va te faire une fellation.

Soren plissa les yeux avant de se rapprocher de moi. Ce fut moi, désormais, qui me retrouvai dos au mur, piégé par son corps. Il n'était pas plus grand ni plus rapide que moi, mais il y avait quelque chose de mortel dans son expression. Il s'agissait peut-être d'un aperçu du garçon qu'il avait été avant d'avoir la chance d'être choisi par des pères millionnaires. Qui pouvait bien le savoir ?

— Laisse Tyler tranquille, m'avertit-il.

— Sinon quoi ?

Bon sang, je parlais comme un gamin de cinq ans. J'inclinai le menton et agis comme si sa façon de se comporter en gros dur sur le campus ne m'affectait pas. Bien que ce soit l'inverse.

— Tu n'as pas envie de me provoquer, ajouta-t-il en se rapprochant.

— Tu ne me fais pas peur.

Il rit, mais ce bruit était horrible et ressemblait presque à un ricanement.

— Dis-le au mec qui a un jour essayé de prendre la veste de mon petit frère. Il a fini par avoir peur et il était bien plus grand que toi.

— Peu importe, rétorquai-je.

Soren hocha la tête.

— Rends-nous service à tous les deux et laisse Tyler tranquille.

— Sinon tu lâcheras tes papas sur moi ? Que vont me faire ces deux pédés ?

Sa mâchoire se crispa et je lus son envie de meurtre dans ses yeux. Je me préparai pour le coup de poing – anticipant la brûlure quand il heurterait mon visage, le sang et la sensation écrasante de quelque chose de concret. Néanmoins, il recula et épousseta ma veste comme s'il avait trouvé une peluche dessus.

— Tu n'en vaux pas la peine, Felix.

— Dis l'ordure avec deux pères gays.

Je déversai tout mon dégoût de moi-même dans cette phrase et m'attendis à ce qu'il perde vraiment les pédales, mais il se contenta de sourire.

Seulement, son sourire était féroce et ses yeux étaient assombris par l'émotion.

— Tu t'es assis à la table de mes pères et tu en as adoré chaque minute. Pas une seule fois, tu leur as reproché d'être mariés ou d'être ensemble. Tu n'es qu'un sac de merde. En fait, non, tu n'es pas un sac de merde, tu n'es rien d'autre qu'une coquille vide.

— Va te faire foutre, crachai-je en détestant le fait que j'étais incapable de nier tout ça.

Il avait raison. Il n'y avait rien de bon, en moi,

autrement j'aurais eu des parents qui tenaient à moi. J'aurais eu des amis qui se hâteraient de venir prendre ma défense, comme il le faisait avec Tyler.

Il s'éloigna, tandis que le reste du groupe arrivait vers nous, Tyler au milieu. J'en avais assez de tout ça.

Je m'en allai. Dès que je tournai au prochain coin de rue et que je partis vers chez moi, je me mis à trottiner, puis à courir. Les quelques kilomètres que je devais parcourir avant de passer un coup de fil pour qu'on vienne me chercher furent indiscernables alors que je martelais le trottoir et zigzaguais entre ceux qui se mettaient sur mon chemin. J'étais en colère et follement confus, quand je commençai ma course, mais lorsque Rick me récupéra au passage et me déposa chez moi, j'étais simplement essoufflé et j'avais chaud.

Il ne fallut pourtant pas longtemps avant que ma respiration se calme. Je pris une douche, incapable d'envisager de dormir, et je partis vers le salon télé, qui était plus ou moins la seule pièce de la maison dans laquelle je me sentais au calme. Dans le salon télé, avec son immense écran et toutes les dernières séries et les derniers films à disposition, je n'avais qu'à monter le volume si maman était là, afin de noyer toute dispute. Si je mettais le volume assez fort, personne n'entrait pour me parler.

Gagnant/Gagnant.

— Tu es rentré en retard, dit papa derrière moi.

Je détestai ne pas l'avoir entendu rentrer ou ne pas avoir fermé cette porte en particulier. Je continuai à faire défiler les listes sur la télé. J'ignorais ce que je cherchais, mais je voulais quelque chose de parfait à regarder, afin de tout oublier, chose qui m'était familière.

En revanche, ce qui m'était inconnu, c'était la

culpabilité que je ressentais après avoir harcelé Tyler ou insulté les pères de Soren, qui étaient cool, normaux, et tout ce que je désirais. Je ne connaissais pas non plus ce que j'avais ressenti quand Soren m'avait jeté un coup d'œil pendant le repas, ses lèvres recourbées dans un sourire. Ou quand Tyler avait parlé d'une série que nous pourrions tous les deux aimer. Ou quand j'avais été accusé d'être anti-queer ou homophobe. Je savais que j'avais dit des choses. Je savais que j'avais utilisé le mot en P. Mais je ne l'avais pas voulu.

N'est-ce pas ?

J'étais un trouduc qui ne savait pas quoi faire de sa personne.

Comment pourrais-je être anti-queer quand j'avais toutes ces pensées conflictuelles en tête à propos du sexe, des stars de cinéma, des chanteurs et de ce foutu Soren avec son foutu sourire et la lumière brillant dans ses yeux idiots – ses beaux yeux doux, marron et idiots.

Beaux ? D'où me venait cette pensée ? Je m'enfonçai sur le canapé et zappai à une telle vitesse que je ne savais même pas ce que je regardais. Soren m'avait souri ce soir et ce sourire avait paru sincère, mais il avait hésité quand nos regards s'étaient croisés. Je savais qu'il s'attendait à ce que je sourie en retour, comme si nous étions amis. Nous ne l'étions pas. Je n'avais pas d'amis, parce qu'il ne souhaitait toujours qu'une chose de ma part : mon nom ou l'argent de ma mère. Néanmoins, au fond de moi, quelque chose s'était ouvert et alors que je regardais Soren, j'avais su que j'avais des sentiments.

Non pas de la haine, de l'instinct de survie, de la colère ou un manque de confiance, mais la lueur d'une nouvelle émotion, presque comme si je voyais Soren différemment.

L'espace d'un instant, j'avais ressenti un minuscule éclat d'espoir, et je détestais que cela me rende si vulnérable et exposé.

J'avais été excité. Regarder Soren m'avait fait bander et pas comme s'il s'agissait d'un fantasme. C'était réel. Soren Madsen-Rowe me faisait éprouver un sentiment que je ne voulais pas avoir, presque comme si j'étais connecté à lui, au lycée, quand bien même je lui criais dessus et me montrais incroyablement grossier avec ses parents.

Cela me faisait peur.

Je levai les yeux vers mon père et il me sourit comme si cela lui importait.

— Tu es allé quelque part, après l'entraînement de hockey ? Tu as retrouvé des amis ? Ça se passe comment, au hockey ? Votre premier match est contre Hershey, c'est ça ? J'ai noté la date dans mon agenda pour…

— J'ai abandonné le hockey, mentis-je.

Il écarquilla les yeux.

— Mais tu adores le hockey !

Je ricanai quand je vis à quel point mon père était choqué.

— Tu vois ? Tu as vraiment cru que j'allais abandonner la seule chose pour laquelle je suis doué. Ça montre à quel point tu connais ton propre fils.

L'enthousiasme dans ses yeux s'estompa et j'attendis qu'il ferme la porte et s'en aille, mais il posa plutôt une main contre sa tempe et soupira.

— Je le mérite.

Oh que oui, il le méritait. Je pouvais compter sur les doigts d'une seule main le nombre de matchs auquel maman et lui avaient assisté *ensemble* lors de la dernière saison, alors pourquoi me poser des questions sur le hockey, ce soir ? Oui, il était venu seul à la plupart des rencontres, mais ce n'était pas comme s'il restait ensuite pour discuter avec les autres parents ou pour faire ce que les autres parents de hockeyeurs faisaient. Je n'en avais pas besoin, parce que je m'en sortais bien tout seul, mais bon, il aurait au moins pu essayer, non ?

— Felix, je comprends…

— Ouais, ouais, l'interrompis-je.

J'aurais aimé qu'il se contente de partir.

— J'aimerais m'excuser pour…

— C'est comme ça que les hurlements commencent, papa. Tu me dis que tu es désolé de trop travailler. Je vais te croire jusqu'à la prochaine fois où maman fera une connerie, où je la détesterai et où tu ne diras pas un mot. Ensuite, maman me criera dessus pour une putain de raison ou pour une autre et tout le monde va se mettre à hurler. Alors, on fait une croix sur tout ça et tu laisses maman te crier dessus en éliminant l'intermédiaire. J'en ai assez.

Je me levai et jetai la télécommande sur le canapé. Papa se leva également et tendit une main pour m'empêcher de partir.

— Ne jure pas, me dit-il mécaniquement.

Je chassai sa main de mon bras.

— Tu n'as pas le droit de me dire que je n'ai pas le droit de jurer, *putain*.

Il grimaça et je le poussai loin de moi.

— Felix…

— Maman est déjà partie, mais toi, tu es toujours là. Je veux monter sur notre toit et jurer si fort que les flics viendront t'arrêter. Comme ça, je vivrai avec Phoebe et Rick et je n'aurai plus à te supporter, toi et la femme que tu as fait venir ici en agissant comme si c'était ma mère. Je ne veux pas de toi. Je ne veux pas de maman, je n'ai pas besoin d'une nouvelle mère, et j'ai juste envie de jurer. D'accord !?

Il détendit sa poigne autour de mon bras et son visage se froissa. Il allait certainement pleurer. Comment cela se faisait-il qu'il avait le droit de pleurer ?

— Felix. S'il te plaît.

— Non.

— J'aimerais…

Papa appuya une main contre son torse et caressa son cœur.

— Felix, ta mère était là parce que nous signions les papiers. Nous divorçons *enfin*, pour de vrai.

Sa voix se brisa.

— J'ai tout fait pour que nous restions ensemble, mais…

Une part sombre de moi prit le dessus, presque comme si cette soirée n'était faite que pour m'anéantir. Tout d'abord, Soren avec ses yeux et son sourire. Tyler avec ses stupides DVD. Et maintenant, papa me parlait d'une chose qui aurait dû se produire des années plus tôt, avant que leur mariage décomposé me tombe sur les genoux.

— Il était temps, criai-je avec toute ma rancœur refoulée devant son visage.

Il fit un pas en arrière, comme si je lui faisais peur. Mon père avait-il peur de moi ? Il sembla ensuite se stabiliser et redresser les épaules.

— Arrête.

— Non…

— Tu n'as pas le droit de me dire non ! Je suis ton père et tu vas m'écouter !

Il s'assit à nouveau et attendit. Après une pause, il me lança un coup d'œil prudent.

— On peut parler, s'il te plaît ?

C'était un père différent de celui auquel je m'étais attendu. Il avait réellement envie de me parler, comme si nous étions liés.

Comme si j'avais de l'importance.

Je m'assis et attendis, tirant sur un fil de mon jean. Je n'appréciais pas le moins du monde son regard circonspect.

— Je voulais te l'annoncer en douceur, commença-t-il. Le divorce, je veux dire.

— C'est bon. C'était inévitable.

Je haussai les épaules pour souligner que je m'en moquais totalement.

— Je sais depuis que j'ai cinq ans que vous vous détestez.

— Nous ne… Avant, nous ne…

— Je me souviens que maman voulait l'un de ces énormes châteaux gonflables dans le jardin pour mon sixième anniversaire. Tu ne souhaitais pas que j'en aie un. Tu as crié, maman a crié et mon anniversaire a été gâché parce qu'aucun autre gamin n'avait envie de rester.

— Six ans ? chuchota papa comme s'il n'arrivait pas à le croire.

— Oui. Ce qui me fait presque dix ans de souvenirs merdiques. Enfin, du moins, à cause de maman. Toi, tu te contentais de t'écraser, de t'éloigner et de me laisser à ses côtés.

Il marqua une pause.

— Je *voulais* que tu l'aies.

— De quoi ?

— Le château.

— Non, c'est faux. Elle criait…

— Pas sur toi. Ça n'a jamais été à cause de toi.

— Dommage que j'aie vécu dans cette maison, alors, parce que j'avais carrément l'impression que ça me concernait.

— On se disputait parce qu'elle voulait organiser une immense fête démesurée et qu'on ne pouvait pas se le permettre, financièrement.

— Ouais, bien sûr, papa.

Je levai les yeux au ciel d'un air théâtral. Il racontait des conneries, car la famille de maman nageait dans une mer de billets.

— Non, écoute…

Il attendit un moment, comme s'il cherchait exactement les bons mots.

— Tu te souviens de la maison qu'on avait, quand tu avais cet âge-là ?

Je me rappelai les images d'un endroit beaucoup plus petit, avec un grand jardin et un chien qui aboyait chez les voisins. Je savais qu'il y avait un arbre juste à côté de la fenêtre de ma chambre et, quand j'avais huit ans, je m'étais imaginé en descendre pour m'enfuir et vivre dans une ville inconnue. J'avais même préparé un sac avec du fromage à effilocher, une canette de soda à moitié vide, mon slip Captain America pour me porter chance, des T-shirts et un jean propre. J'ignorais jusqu'où je comptais aller, mais je savais que Phoebe m'avait trouvé en train de pleurer dans le jardin. Elle m'avait dit que j'avais besoin de plus de fromage à effilocher si je voulais aller jusqu'en ville. Elle m'avait proposé de me faire des sandwichs, mais je n'étais jamais parti, pas après qu'elle m'eut préparé un sandwich au beurre de cacahuètes et à la confiture. J'étais un peu tombé amoureux d'elle après ça.

— La maison sur Magnolia Street, insista papa.

— Je m'en souviens.

— C'était *notre* maison, la mienne et celle de ta mère. Nous n'avons pas dépensé un seul centime de sa fortune de Sinclair-Staten Pharma parce qu'elle ne le voulait pas.

Il marqua une pause et attendit que je comprenne. Toutefois, ce qu'il venait de me dire n'avait aucun sens parce que maman ne se focalisait que sur l'argent. Je restai tout de même silencieux et attendis qu'il poursuive.

— C'était idyllique, elle était ma meilleure amie. Je montais mon entreprise de courtiers en bourse et elle a dit tant de fois qu'elle était heureuse que je l'ai crue. Et puis on t'a eu et c'est comme si notre petite famille était complète.

Il dériva sur une mer de souvenirs qu'il inventait, j'en étais convaincu. Maman n'avait jamais été heureuse, depuis le premier jour où je me souvenais m'être rendu compte qu'elle était ma mère. J'attendis la suite, mais mon père regarda fixement le mur, un doux sourire sur son visage. Il se frotta le torse où je supposais que tous ces faux souvenirs demeuraient.

— Accélère, papa.

Il me regarda d'un air confus et je me sentis coupable. Il était toujours mon père et je me comportais comme un enfoiré, même si j'avais l'impression que c'était justifié.

— Quel rapport avec le château gonflable ?

— Désolé, je pensais juste à cette maison.

Il sourit.

— Je l'adorais. Bref, on ne pouvait pas se permettre de payer ce qu'elle souhaitait pour ton anniversaire – le château, les intervenants ou le traiteur chic. Du moins, pas sans que ta mère pioche dans son argent familial, mais c'était ce qu'elle désirait pour toi, expliqua-t-il en inclinant la tête. C'était juste après la mort de son grand-père et elle était sur le point d'avoir vingt-huit ans.

Il marqua une nouvelle pause et cette fois-ci, les pièces du puzzle se mirent en place. Mon fonds de placement de la famille Sinclair serait disponible à vingt-huit ans, alors je devinais que cela avait été la même chose pour maman.

— On n'en a jamais discuté, même quand il ne restait que quelques semaines avant qu'elle ait accès à tout cet argent. Nous nous étions promis, dès le début, que peu importait ce que nous faisions, ce serait avec notre propre argent, mais nous n'étions que de jeunes adultes naïfs. Ta mère m'a dit qu'elle ferait ce qu'*elle* voulait avec *son* argent et que ça ne *me* regardait pas. C'est l'une des premières fois où nous nous sommes disputés et je suis désolé que tu te souviennes de ça.

Il me lança un coup d'œil implorant, comme s'il était important que je comprenne, mais j'étais têtu et stupide. Je croisai les bras sur mon torse.

— Je ne me souviens peut-être pas du début, mais les disputes n'ont jamais cessé après ce jour, constatai-je.

— Je le sais.

— Vraiment ?

— Je ne peux pas parler pour ta mère…

Il ferma brièvement les yeux comme si les émotions le submergeaient.

— Elle voulait plus que moi et cette petite maison, et j'ai fini par accepter tout ce qu'elle me disait, parce que je l'aimais. Elle a engagé Phoebe comme nourrice, pour toi, bien qu'elle ait toujours dit qu'elle ne souhaitait pas que ses enfants soient élevés de la même manière qu'elle. Je croyais qu'elle était heureuse d'être avec nous, mais j'avais tort. Ensuite, elle a voulu qu'on parte tous à New York, mais ça ne nous concernait pas que tous les trois. Nous avions une nourrice qui avait un mari et il y avait cet appartement équipé qu'elle avait acheté en ville. Tout est allé si vite.

— Nous ne sommes *pas* à New York, constatai-je.

Papa soupira et se frotta une nouvelle fois le torse en se pinçant les lèvres.

— Uniquement parce que je me suis battu pour que nous ayons une vie normale. Je ne voulais pas que nous soyons aspirés par les drames nocifs des Sinclair.

— Mais tout leur argent ? On aurait pu…

J'ignorais comment finir cette phrase.

— Ouais, tout cet argent qui les fait pourrir de l'intérieur, marmonna papa. Cet endroit était le compromis.

— Ah bon ?

Je jetai un coup d'œil par la porte, en direction du couloir, au-delà du lustre et du sol en marbre. Si c'était un compromis dans la dépense de la richesse des Sinclair, alors cela impliquait toujours leur argent.

— Je ne voulais pas que tu déménages. Tu étais heureux, à l'école, tu avais des amis. Mais ensuite, elle est devenue si malheureuse. Toi, tu changeais, tu devenais difficile, tu nous entendais nous disputer et tu voyais combien elle…

— Te criait dessus ? M'utilisait comme une monnaie d'échange ? Alors, ce que tu dis, c'est que tout ça est la faute de maman ? Je ne crois pas que tout lui retombe sur le dos, papa. Tu ne lui as peut-être rien rétorqué la plupart du temps, mais tu n'étais jamais là et tu as toi-même foiré un bon nombre de fois…

Il tendit la main, comme s'il m'implorait de l'écouter.

— Tu as raison, ça ne concerne pas que ta mère. C'est aussi ma faute, parce que j'exigeais qu'elle fasse ce que je pensais bon pour toi. J'étais si las de ce qu'il se passait que tu as fini sans rien. Tout aurait dû être pour toi et tu es la seule personne que nous avons laissé tomber. Et maintenant, regarde-toi… tu es constamment en colère. Je suis désolé.

— C'est tout ? demandai-je après une petite pause.

Papa fronça les sourcils.

— Je t'aime et je veux que nous soyons…

— Non ! l'interrompis-je. Tu me dis que maman et toi, vous avez merdé, et maintenant tu es quoi ? Un homme nouveau ? Maman t'a menacé de te priver de son argent ? C'est pour ça que tu veux que je me calme, pour que tu puisses me voler le mien ? Maman a découvert que tu couchais avec Lilly Corrigan ?

Il soupira.

— Oh, Felix, non. Je ne couche pas avec Lilly…

— Tu me remplaces par son fils parce qu'il est meilleur que moi ? Il n'est pas aussi esquinté ?

Poser cette question fut comme m'arracher un lambeau de peau.

La tristesse fut balayée par l'horreur sur son visage.

— Quoi ? Non ! Seigneur, Felix, non. Ils avaient besoin d'un endroit où dormir. Ils étaient dans l'une des chambres d'amis.

— Si tu le dis.

— J'aidais Lilly et son fils. Elle avait besoin d'aide… d'un ami.

Il sembla si vieux à cet instant. Du gris colorait ses tempes, même s'il n'avait que quarante-sept ans. Son visage était ridé et ses yeux brillaient d'émotions.

— Je ne suis pas bête. Je sais évidemment ce que vous faites.

— Je sais que tu n'es pas stupide et j'aimerais pouvoir te raconter toute l'histoire, mais ce n'est pas à moi de le faire. Felix, son garçon et elle ont besoin d'amis comme nous, en ce moment. Si Tyler et toi, vous pouviez être amis…

— J'ai des amis. Je n'ai pas besoin d'en avoir un autre, surtout un queer comme lui, ricanai-je.

— Ça suffit ! répliqua papa. Je ne veux plus t'entendre dire de telles choses. C'est un bon gamin.

— Peu importe, papa. On a terminé ? Vous divorcez, tu vas bien, je ne vais pas bien et maintenant, je vais me coucher.

Je passai à côté de lui et il tenta de m'attraper par le bras, mais je fus plus rapide et me retrouvai dans ma chambre, la porte fermée à clé, devant mon poster de Ten. Il se tenait là et me regardait de haut en souriant. Je pariais qu'*il* ne mentait jamais à Soren. Je pariais que tout était parfait dans leur maison. J'arrachai le poster sur le mur d'un seul mouvement, puis les autres, chacun représentant mes héros, et je les déchiquetai en minuscules morceaux.

Je me sentis même un peu mieux, pendant un moment.

Puis je me sentis horriblement mal.

Chapter Onze

Soren

LES CHOSES FURENT ÉTRANGES, LA SEMAINE SUIVANTE.

Avec Felix qui, bon, était Felix, donc je m'attendais à ce que la situation soit hostile, ce qui était effectivement le cas… en quelque sorte, mais pas autant que je l'aurais cru ? Ouais, j'en avais la tête qui tournait. Certains jours ou certains moments, je disais ou il disait quelque chose et nous partagions un vrai moment. Non pas comme dans un film, dans lequel nous nous regarderions dans les yeux, larmoyants, avant de proclamer notre amour éternel. Enfin, sérieusement, non. Mais je voulais parler de certains moments, comme aujourd'hui, pendant notre premier match amical en équipe. Le coach – comme n'importe quel adulte de ma vie – avait subitement décidé que Soren/Felix était le meilleur binôme depuis Sacha et Pikachu. Visiblement, nous étions toujours sur la même ligne, dans la même équipe d'entraînement, dans les mêmes cours et dans la même maison. Les dieux essayaient peut-être de m'enseigner quelque chose. Quoi ? Je n'en avais aucune idée. Jusqu'à maintenant, la seule leçon que j'apprenais était la patience, car Felix Maxwell-Sinclair mettait la mienne à l'épreuve chaque fois qu'il en avait l'occasion. Sauf quand il ne le faisait pas…

Mon esprit était totalement embrumé.

Aujourd'hui, son comportement était convenable. Il n'était pas vraiment Monsieur Soleil, mais il était convenable. Demain, il pourrait se pointer en étant le pire salaud en veste de l'équipe Chesterford que vous ayez jamais rencontré. C'était peut-être parce que je ne savais pas à quoi m'attendre que j'étais si nerveux et si troublé. Ce n'était pas à cause de ses lèvres roses ou de l'éclat bleu foncé dans ses yeux. Non. Rien de tout ça. Ça, c'était comme dans les films. Et pour l'instant, Felix et moi n'étions en rien comme Nick et Charlie de *Heartstopper*. Pour l'instant, nous étions plus comme Andi et April de *Parks and Recreation*, sauf que nous n'étions pas mariés.

Pendant la première moitié du match d'entraînement, nous essayâmes de nous dégripper, après un long été, et de trouver une certaine cohésion. Felix et moi étions dans l'équipe blanche et les joueurs avaient été répartis équitablement. Tyler était de notre côté, ce qui n'ajouta aucune profondeur dramatique à la situation. Ou peut-être que si. La tension qui crispait Felix, quand il se retrouvait près de Tyler, était si poisseuse qu'on pourrait l'étaler sur une tartine à la place du beurre de cacahuète ou du miel.

À vrai dire, ils jouaient bien, ensemble. Tyler était rapide et avait des mains douces. Felix était doué pour récupérer ses passes. Nous gagnâmes ainsi le match, puis nous passâmes l'autre moitié de l'entraînement à travailler sur des équipes spéciales, en prêtant attention à l'infériorité numérique, qui nous avait causé des soucis lors de la saison dernière. Nous n'étions pas nuls, mais nous pouvions certainement améliorer nos tirs au but. Nous avions laissé passer trop de buts, également. Lors de ce tour, j'étais sur la glace avec trois attaquants. La fois d'avant, nous avions été deux et deux, avec un duo d'attaquants et un duo de défenseurs.

Un des entraîneurs bénévoles faisait office d'arbitre tandis que le coach Sennett était assis dans les gradins et prenait des notes. Ça ne me dérangeait pas de jouer comme défenseur. Le coach aimait que nous sachions couvrir tous les postes. Il disait que cela nous rendait complets. Lors d'un exercice de tir au but, et parfois pendant les matchs, si quelqu'un était blessé, nous devions être prêts à jouer sous tous les angles possibles. Les attaquants étaient doués, ne vous méprenez pas, mais ils n'avaient pas l'état d'esprit inculqué aux défenseurs. Comme je vivais avec un coach de la défense, il me transmettait tout un tas de savoirs.

Les attaquants restaient parfois en flottement, alors qu'ils devraient conserver une bonne position défensive entre eux et le tireur. Et comme nous étions en sous-nombre, à cinq contre quatre, il était difficile de passer dans la fente qui menait au filet, comme je le ferais habituellement, car je devais bouger régulièrement afin de suivre les passes échangées par l'autre équipe. Shaun était dans l'équipe adverse et il était une menace. Notre capitaine avait un coup de poignet brutal. Il aimait se placer du côté gauche du filet et lancer une frappe qui partait à Mach 10. Sérieusement, le palet franchissait le mur du son. Nous devrions surnommer Shaun *Maverick*. Tom Cruise et lui allaient à une vitesse supersonique tandis que la mélodie *Danger Zone* résonnait en fond.

Les maillots rouges étaient tous en place et Shaun menait la danse. Je tentai de couvrir mon gardien, à l'autre bout du filet, quand notre capitaine effectua un tir. Felix – dans un geste qui ne lui ressemblait pas du tout – décida de se jeter devant le palet afin de bloquer le tir. Cela fonctionna. Le palet rebondit sur son mollet et me parvint ensuite. Je l'envoyai loin de notre zone tandis que Felix s'agenouillait et que la douleur se lisait sur son visage. Je patinai vers lui tandis qu'il respirait rapidement, que de la salive voletait depuis ses lèvres et qu'il luttait pour supporter la douleur.

— Joli blocage, dis-je en lui tendant la main.

Un coup de sifflet résonna et l'entraîneur bénévole, le père de Gavin Neeley, vint voir comment allait Felix. Des yeux bleus hésitants se rivèrent sur ma main, puis remontèrent vers mon visage. Je lui souris. Felix claqua ensuite son gant couvert de sueur sur le mien et me laissa l'aider à le relever.

— Tu vas bien ? demanda monsieur Neely tandis que les autres commençaient à se rassembler autour de nous et à marmonner des compliments sur le blocage.

— Oui, ça fait mal, c'est tout, répondit Felix dont le visage était encore tordu par la douleur.

Oui, ça faisait franchement mal. Pendant toute la saison, j'avais des ecchymoses à force de me placer devant des morceaux de caoutchouc gelés qui volaient dans ma direction à cent quarante kilomètres-heure.

— C'était audacieux, remarqua Tyler.

Nous hochâmes tous la tête. Se placer devant un coup

de poignet de Shaun, c'était comme se jeter devant une brique propulsée par un canon.

— Oui, joli blocage, ajouta Shaun avant de claquer une main sur l'épaule de Felix.

Celui-ci acquiesça, grimaça, mais je crus voir peut-être un tressaillement d'un coin de sa bouche. Difficile de le dire, avec le masque et le protège-dents, mais peut-être qu'il était heureux.

Le coach mit fin au match, puis nous quittâmes la glace alors que Felix boitillait. Je jetai un coup d'œil derrière nous et le vis à la traîne. J'attendis qu'il quitte la glace.

— Je sais où se trouve le vestiaire, me lança Felix en s'engageant sur le revêtement en caoutchouc qui séparait la glace du vestiaire des Coyotes.

— Tu en es sûr ? Je sais que tu n'es pas l'ampoule la plus brillante du lustre, répondis-je.

Il me donna un coup de coude si fort dans les côtes que je haletai.

— Tu as quel âge ? Cent deux ans ? Qui dit des trucs comme ça ?

Il esquiva quand je me frottai malicieusement les côtes – ou du moins, quand je fis semblant que c'était un geste malicieux. Felix était assez fort, pour être honnête.

— Mes grands-parents sont venus passer quelques jours chez moi. Mes pères sont à Charlotte, pour un match de présaison. Mon grand-père dit constamment des trucs idiots de ce genre. J'imagine qu'il déteint sur moi.

Il me scruta une brève seconde.

— Oh, eh bien, c'est cool que ton grand-père soit ringard.

Il partit ensuite en favorisant sa jambe droite et je restai planté là, prêt à balancer une réplique cinglante et élitiste sans en trouver aucune. Oh. C'était… étrange. Comme je l'ai dit, tout était follement étrange, en ce moment.

───────

– HÉ, Champion! m'appela mon grand-père quand je montai dans son SUV.

Mack the Knife résonnait depuis les haut-parleurs. Plusieurs élèves tournèrent la tête dans notre direction. Je rougis.

— Tu as l'air épuisé. Le coach Sennett t'a fait travailler dur, aujourd'hui ?

— Oui.

Je tendis la main pour baisser le volume de la musique. Mon grand-père adorait les crooners. Les mecs comme Frank Sinatra, Bing Crosby, Perry Como. Ces gars-là. Ce qui était cool. Entendre ces chansons me permettait d'apprécier la musique dans son ensemble. C'était éclectique, comme le dirait Ten. Mon grand-père aimait également chanter toutes ces vieilles chansons d'une voix vraiment forte. Mamie disait qu'elle pensait qu'il devenait sourd, mais papy le niait avec véhémence. Je marquai une pause quand l'arôme d'une pizza me parvint aux narines. Jetant un coup d'œil sur la banquette arrière, je vis trois cartons de pizza et levai le poing. Nous n'en mangions pas souvent, à la maison. Vivre avec des athlètes professionnels, pendant la saison, signifiait que nous ingurgitions une tonne de nourriture saine.

— Mamie est allée quelque part ? demandai-je, car ma grand-mère aimait également nous faire manger, à nous les enfants, des tas de trucs verts.

— Elle n'est allée nulle part. Mais elle est fatiguée à

cause de ses cours d'aérobic. Je crois que son nerf psychotique fait des siennes, mais elle ne l'avouera jamais.

Il s'éloigna de l'école et du campus tranquille, comme les cours étaient finis depuis des heures.

— Sciatique, le corrigeai-je avant de ricaner.

— C'est ça, dit papy en souriant.

Il ressemblait beaucoup à ses fils. Ou j'imagine que ses fils *lui* ressemblaient. Grand, mince avec des cheveux bruns et des yeux noisette. On pourrait regarder mon grand-père et voir mon père Ten dans une trentaine d'années. Des mèches argentées étaient emmêlées dans ses cheveux et des rides marquaient le coin de ses yeux et de sa bouche.

— Voilà ce que j'ai appris aujourd'hui. Tu savais que Linda, de la jardinerie, a une petite-fille qui joue au hockey sur gazon ?

— Papy…

— Quoi ? Y a-t-il une loi qui interdit de parler à une amie de nos petits-enfants au-dessus de sac de paillis ?

— Non, il n'existe aucune loi, mais je ne cherche pas vraiment à avoir de rencards, en ce moment.

C'était un véritable mensonge. Si je rencontrais la bonne personne, je sortirais carrément avec elle. J'avais quinze ans. Mon corps ne pensait qu'aux rencards. Et à d'autres choses, de nature physique, qui allaient de pair avec les rencards. J'étais plus que prêt à perdre ma virginité, mais je voulais que ce soit avec quelqu'un de spécial.

— J'essaie de me concentrer sur mes études et le hockey.

— Tu peux étudier avec une jolie fille ou un joli garçon.

Je dis ça comme ça. Et Tiffany est en troisième année. Une femme plus âgée. Clin d'œil. Clin d'œil.

— Sérieusement, si mamie t'entendait dire ça, elle péterait une durite, dis-je en riant alors que nous laissions le campus derrière nous.

Vic Damone chantait une chanson sur une relation qu'il ne voulait jamais oublier. Le fait que je sache qu'il s'agissait de Vic Damone était à la fois cool et effrayant.

— Je vais passer mon tour avec Tiffany, mais merci de te préoccuper de mon statut amoureux pitoyable.

— Si tu changes d'avis, tiens-moi au courant. Je vais mettre du paillis sur les parterres de fleurs de ton père pour l'hiver, alors je vais probablement retourner à la jardinerie plusieurs fois.

J'acquiesçai, mais je sus que je ne demanderais pas à la petite-fille de Linda de sortir avec moi dans un avenir proche. Je détestais les rencards à l'aveugle et, pour l'instant, je ne cherchais aucune romance. Bien sûr, je voulais avoir un partenaire pour le bal d'Halloween, mais pas une fille que je n'avais jamais rencontrée. Peut-être que Courtney et moi finirions par y aller ensemble. Nous l'avions fait plusieurs fois, l'année dernière, en tant qu'amis. Oui, peut-être devrais-je lui demander maintenant pour me débarrasser de cette obligation sociale.

———

– SOREN, tu aurais dû me le dire il y a une semaine, m'indiqua Courtney alors que nous travaillions sur les graphiques de ma chaîne Twitch pour la soirée.

Elle était chez elle, j'étais chez moi. Merci mon Dieu, les appels vidéo existaient.

— Que je te le dise plus tôt ? Le bal est dans un mois. C'est à des années-lumière.

Je m'enfonçai sur ma chaise pour regarder son visage dans le minuscule coin de mon écran.

— Ouais, d'habitude, c'est le cas. Mais Sid et Meghan viennent de rompre et j'ai vu une occasion donc je l'ai saisie.

Elle sourit tout en ajoutant du sang à la police de caractère pour notre festival d'Halloween du jeu de l'horreur qui se tiendrait pendant tout le mois d'octobre.

— Mais c'est qui, Sid ? demandai-je avant de boire une gorgée de soda au raisin.

— C'est le capitaine de l'équipe de natation universitaire.

Elle me lança un petit sourire narquois et railleur.

— Un capitaine ? Alors il est en dernière année ?

Elle grimaça avant de propulser ses mains vers la caméra de son ordinateur.

— Tu veux bien te taire ?!

— Ta mère ne sait pas qu'il est plus âgé ? chuchotai-je en me penchant pour rapprocher mes lèvres de mon micro tandis que Court se hâtait de brancher ses écouteurs.

Madame Barnes avait des règles assez strictes quand il s'agissait des rencards de son enfant unique, ainsi que de son maquillage et de ses sorties entre amis.

— Non, et elle ne le découvrira pas. Sid est tellement canon. Tu te souviens de ce Thai BL à propos d'une équipe de nageurs ?

Comme si je pouvais l'oublier. Hashtag anime qui fait saigner du nez.

— Eh bien, il est bâti comme eux.

Elle s'éventa et je fus obligé de rire.

— Bonne chance. Il vaudrait mieux espérer que ta mère ne le découvre pas, autrement tu seras punie jusqu'à l'obtention de ton diplôme universitaire.

Je jetai un coup d'œil à l'heure sur mon écran.

— Je dois y aller. Felix et moi, on a rendez-vous à la bibliothèque à vingt heures pour interviewer Desmond, le concierge.

— Ça m'a l'air horrible. Il sent toujours les vieilles cacahuètes.

Elle frissonna d'un air théâtral.

— Amuse-toi bien. Eh, au pire, tu pourrais toujours inviter Felix !

Elle quitta avant que je puisse répliquer quoi que ce soit. Je lui envoyai donc par SMS un grand nombre de doigts d'honneur. J'eus en échange une ligne d'émojis en train de pleurer de rire, puis d'aubergines.

J'attrapai mes livres et mon portable avant de mettre le tout dans mon sac à dos et de descendre pour informer mes grands-parents que je partais à la bibliothèque étudier avec un gars. Pas un ami, pas un pote, rien qu'un gars. Papy me fit tout de même un clin d'œil et me donna vingt dollars, avant de continuer à regarder son épisode de *Columbo*.

— Préviens-moi quand tu es arrivé, me dit mamie en levant les yeux de son cours de tricot.

Lottie était obsédée par l'envie d'apprendre à tricoter des petits bonnets, pour qu'elle puisse les donner ensuite aux fées de la pelouse qui vivaient dans le jardin. Cette semaine, elle était à fond sur les fées, ce qui expliquait sa chemise de nuit Fée Clochette et les ailes jaunes en nylon qui s'agitaient dans son dos.

— Et rentre pour vingt-trois heures. Tu as école, demain.

— Oui, je le ferai ! criai-je en prenant le billet de vingt que je rangeai dans ma poche avant.

Je trottinai ensuite dans les marches au coin de la maison. Bientôt, je serais assez âgé pour passer mon permis de conduire. Je pourrais donc utiliser mes économies pour m'acheter une voiture et être libéré de tous ces trajets en bus ou en voiture avec mon grand-père après les entraînements. Enfin, prendre le bus ne me dérangeait pas – d'habitude – ni que mon papy passe me prendre, mais… d'accord. C'était le cas. Je voulais conduire. Pour aller où je le souhaitais, quand je le souhaitais, sans que personne ne m'escorte et me fasse tout un cours sur l'horreur des lingettes pour lunettes, comme ce mec dans le bus, deux semaines plus tôt. Je n'étais pas certain que les lingettes pour lunettes soient la base de tous les maléfices, mais il était catégorique à ce sujet. Mes pères disaient qu'ils doubleraient la somme que j'avais économisée et j'avais déjà jeté un coup d'œil à quelques voitures qui ne se vendaient pas bien, dans le coin.

Un jour…

LA BIBLIOTHÈQUE MARY B. BILLOWS était un vieux bâtiment, l'un des nombreux, sur le campus de Chesterford. Il y avait beaucoup de pierres grises, de fer forgé sur les patios et une atmosphère digne de la comédie musicale *Hamilton* avec des peintures grasses sur les murs, des cheminées en pierre et cette vieille odeur de livre poussiéreux. Elle était ouverte jusqu'à dix-neuf heures, les mardis et jeudis, donc nous avions environ une heure avant d'être chassés de là. Felix était assis à une table, sous le portrait d'une femme de l'époque révolutionnaire, avec un décolleté osé et un sévère froncement de sourcils. Il était passionné par ce qu'il lisait et ne m'avait pas entendu m'approcher. Je claquai une main sur son épaule et il bondit de vingt centimètres.

— Salopard, cracha-t-il.

La bibliothécaire lui lança un regard noir et lui demanda de se taire en replaçant des livres sur les étagères.

Je ricanai dans ma barbe et laissai lourdement tomber mon sac sur la table, ce qui me valut un autre regard noir de la part de la bibliothécaire. Je baissai les yeux et mes cheveux retombèrent autour de mon visage pour me cacher. Je donnai ensuite un petit coup de pied à Felix sous la table. Il grimaça.

— Oh, désolé. Comment va l'ecchymose ? demandai-je en murmurant.

Un vieil homme était assis face à nous et lisait un journal. Moi qui croyais que seul mon grand-père lisait les versions papier des journaux.

— Elle allait mieux jusqu'à ce que tu donnes un coup de pied dedans, grogna-t-il doucement.

— Oups. Alors, qu'est-ce que tu as trouvé ?

Il retourna le livre qu'il était en train de lire avant de me montrer une image.

— Ça vient d'un livre sur la guerre du Vietnam. Tu reconnais cet homme ?

Il tapota le cliché flou. Je l'examinai ardemment. La

photo était granuleuse, les hommes paraissaient épuisés et courbaturés, lessivés à l'extrême.

— C'est une photo de Desmond Parks. Et ça, c'est aussi Desmond.

Il tapota une autre image, sur la page suivante, avec ce même homme noir que nous connaissions en plus âgé. Il défilait dans la rue, en portant un uniforme militaire, et agitait un petit drapeau américain.

— Il a servi pendant la guerre du Vietnam, puis il a été le porte-parole d'un groupe de vétérans qui essayait de régler les inégalités dont étaient victimes les soldats noirs du Vietnam.

— Waouh, chuchotai-je.

J'étais émerveillé de penser que cet homme que nous voyions gratter des chewing-gums sous nos tables et passer la serpillière dans nos toilettes ait été si génial.

— Je parie qu'il a beaucoup d'histoires puissantes à nous raconter.

Felix leva les yeux, ses iris d'un bleu profond inondés d'une émotion que je ne comprenais pas vraiment, mais que j'adorais voir. Il baissa ensuite les yeux vers ma bouche. Je me mis en mouvement en même temps que lui, les bras sur la table, nos jambes poussant nos fesses hors de nos chaises de quelques centimètres et…

Quelqu'un l'appela. Il cessa de me regarder. Je jetai un coup d'œil par-dessus mon épaule et vis Desmond entrer en boitillant. Il ne ressemblait nullement à un concierge. Aujourd'hui, il ne portait pas de salopette et n'avait pas de serpillière.

Aujourd'hui, il avait juste un jean et un vieux T-shirt portant le logo d'un restaurant de poulet du coin.

Nous nous levâmes, ayant subitement l'impression que

nous devrions faire plus que de rester assis-là à l'observer, bouche bée. Il s'arrêta brusquement pour nous observer, comme s'il craignait que nous le bombardions de ballons remplis d'eau.

— Monsieur Parks. Merci d'être venu discuter avec nous, dis-je en me demandant si je devrais faire un salut militaire ou quelque chose de ce genre.

Je n'en fis rien, mais j'avais l'impression que cela devrait être le cas. Cet homme avait servi notre pays lors d'une guerre terrible.

— Asseyez-vous. Nous regardions juste de vieux livres.

— Ah, je me souviens de celui-ci. L'auteur a demandé des photos des hommes de mon régiment. Ensuite, on s'est lié d'amitié, donc quand il a voulu s'attaquer aux injustices qu'ont affrontées les noirs pendant cette guerre, il est venu me chercher. On discute encore aujourd'hui, expliqua Desmond en s'installant sur sa chaise. Je dois dire que je suis étonné que vous ayez tous les deux envie de me parler, les garçons.

Nous nous assîmes. Felix sortit son portable pour enregistrer.

— Nous faisons un projet de magazine, sur l'histoire de Chesterford, et vous êtes l'une des personnes les plus intéressantes que nous avons découvertes jusqu'à maintenant. Vous avez manifesté pour les droits des vétérans dans les années quatre-vingt. Dites-nous en plus, dis-je.

Felix hocha la tête.

— Eh bien, un groupe de vétérans noirs souhaitait attirer l'attention du Congrès sur certains points. Alors, nous nous sommes réunis et nous avons manifesté. Vous savez, à l'époque de la guerre, il n'y avait pas de ségrégation, mais nous n'étions certainement pas égaux…

Nous restâmes assis une heure à écouter Desmond parler et à lui poser des questions. La bibliothécaire nous escorta finalement dehors et les lumières s'éteignirent dès que la porte fut fermée à clé derrière nous.

— Merci, monsieur Parks. C'est… eh bien, c'est vraiment génial. Vous avez traversé tant de choses et vous avez fait tellement de trucs cool. Merci d'avoir passé du temps avec nous, dit Felix.

J'acquiesçai pour marquer mon approbation. Desmond nous serra la main avant de s'en aller.

— C'était beaucoup plus cool que je ne l'aurais imaginé, dis-je.

— Oui, c'est vrai.

Il souriait tant. À cet instant, j'eus envie de l'attirer contre moi et de goûter ce sourire – de l'embrasser jusqu'à ce qu'il m'embrasse en retour.

Arrête de penser à l'embrasser.

Je changeai de sujet tandis que Felix me dévisageait curieusement. Mon Dieu, j'espérais qu'il ne savait pas lire dans les pensées.

— Je devrais parler à mon grand-père de ce qu'il a fait pendant la guerre. Il parle rarement de son service militaire, mais je sais qu'il l'a fait. Et dans ta famille ?

Felix sembla alors se crisper. Le garçon souriant et détendu fondit pour révéler l'agressif que je ne connaissais que trop bien. Et j'en fus triste, parce qu'il était beaucoup plus sympa d'être aux côtés du Felix souriant.

— Pourquoi tu t'intéresses à ma famille ? Pourquoi tu fouines toujours autant ?

Sa voix fut forte et fit écho dans le petit couloir.

— Mec, détends-toi. Tu es comme Dr Jekyll et M. Hyde. Je crois voir la personne que tu es réellement, mais des monstres apparaissent ensuite pour m'arracher la tête. Je ne sais pas vraiment qui est le véritable Felix, mais tu dois vraiment apprendre à mieux te comporter. Je fais de mon mieux pour être un ami, mais…

Tyler sortit de la bibliothèque par une porte secondaire, les bras chargés de livres. Felix lui courut après, me laissant tout seul, inquiet. Peu importait. J'en avais vraiment assez de toutes ces histoires le concernant.

Chapter Douze

Felix

J'IGNORE CE QUI M'AVAIT FORCÉ À COURIR APRÈS TYLER. J'aurais pu l'appeler, mais cela aurait signifié le prévenir que je venais dans sa direction et j'aurais fini par lui faire peur. Je le suivis plutôt à l'extérieur. Il avait tenu la porte, sans se rendre compte que c'était pour moi, qu'il la retenait. Quand il le réalisa, il tituba en arrière et tomba presque sur les trois marches. Je le rattrapai au dernier moment et mes doigts encerclèrent son poignet.

— Laisse-moi tranquille.

Il tenta de libérer sa main et une fois que je fus certain qu'il avait retrouvé son équilibre, je le relâchai, mais j'étais désormais entre lui et les marches. Donc soit il devait repasser par la porte de la bibliothèque, soit il devait faire ce qu'il faisait généralement quand personne n'était là pour l'aider et rester comme une biche éblouie par les phares d'une voiture.

— Je veux juste te parler, dis-je.

Quand il se ratatina, je me rendis compte que j'avais pris, par défaut, ma voix intimidante, et que je ne savais pas du tout ce que j'étais en train de faire.

— Tu as besoin d'aide avec cette petite pédale ? demanda Miles derrière moi avec un air méchant.

Mais que faisait Miles près d'une fichue bibliothèque ? Je lui jetai un coup d'œil et, derrière lui, je vis le groupe de mecs dont il s'était séparé. Ils lui ressemblaient tous, avec un jean, un T-shirt blanc et des cheveux rasés. C'était comme s'ils avaient voyagé en troupeau.

— Je n'ai pas besoin de ton aide ! crachai-je.

Miles recula immédiatement avant de s'en aller. Ce grand gars venait d'être intimidé par mes cris. Tyler me regarda fixement avec ses yeux vitreux, un soupçon de kohl au coin de ses paupières, et il écarta ensuite sa frange rose de son visage. C'était un joueur de hockey, rapide sur ses patins – il était du genre à fuir les problèmes, plutôt qu'à se lancer dans la mêlée où il pourrait être blessé – et notre équipe avait besoin de sa rapidité ainsi que de son agilité, mais je n'avais jamais réalisé qu'il n'était pas si petit que ça ni moins solide que moi. C'était la teinture rose pâle dans ses cheveux, sa discrétion quand il parlait et son sourire si innocent qui le faisaient paraître plus fragile qu'il ne l'était réellement.

De plus, j'avais réussi à l'effrayer quand sa mère et lui s'étaient trouvés dans notre cuisine. Je m'étais déchaîné – tel un enfant en pleine crise de nerfs – et Tyler méritait mieux que ça.

S'il avait été plus grand que moi ou, pire, *plus riche*, aurais-je pu légitimement le pousser contre un casier ? Aurais-je laissé mes parents me monter autant à la tête, au point de le punir pour ce que *sa* mère faisait éventuellement avec *mon* père ?

— Ce n'est pas comme ça que tu m'appelles ? La petite pédale, je veux dire, demanda Tyler d'une voix si minuscule que je dus tendre l'oreille pour l'entendre.

— Non, me défendis-je.

Il me dévisagea et je fus incapable de mentir, parce qu'il avait un étrange pouvoir sur moi.

— Si.

Il se tapota le menton.

— Et c'est le meilleur surnom que tu as trouvé, murmura-t-il en pensant probablement que je ne l'entendrais pas.

Il laissa ensuite tomber son sac par terre, ouvrit ses mains tremblantes, paumes vers le haut, et ferma les yeux.

— Vas-y, fais-le.

— Quoi ?

Il ouvrit à moitié un seul œil.

— J'imagine que tu veux me frapper. Ou me crier dessus ou faire l'une des millions de choses qui t'aident à te sentir mieux ?

Il tremblait et semblait vaincu, comme s'il n'arrivait même pas à avoir suffisamment d'énergie pour avoir peur.

— J'abandonne. J'en ai assez.

— Je veux seulement qu'on discute.

Je fis encore quelques pas en arrière et me cognai contre un banc en bois, près d'une table. Comme si mes fils avaient été coupés, je m'effondrai dessus. Je ne comprenais pas ce qu'il se passait dans ma tête, ce que les mots de Soren avaient enclenché en moi. Ou peut-être que c'était parce que papa avait affirmé que Tyler avait besoin d'amis et que j'avais fait semblant d'en avoir. Je n'avais pas d'amis. Bon sang, Soren était ce qui s'en rapprochait le plus, n'était-ce pas triste ? Je n'avais que Jonah et Miles, qui me suivaient partout, faisaient ce que je disais et renforçaient mon statut de personne importante grâce à son argent au lycée.

Avais-je un tant soit peu d'importance ? Quelle marque allais-je laisser dans cette école ? Lors des réunions d'anciens élèves, les autres se souviendraient-ils simplement de l'un des nombreux gosses de riche qui croyaient avoir le droit de crier, de menacer et d'intimider les autres ? Et la raison pour laquelle tout ça était arrivé était nécessairement le divorce de mes parents, et non la présence de Soren Madsen-Rowe.

Non, mais de qui me moquais-je ? J'avais su que le divorce était inévitable et j'avais déjà formulé mes attentes. C'était Soren, le problème. Soren qui m'obligeait à me lier à lui, dans une succession d'étapes prudentes. Ce lien avait provoqué de la confusion et une excitation constante. Je m'étais aussi rendu compte que j'étais gay et que je devais faire des pauses pour réfléchir à certaines choses. Personne, dans la famille Sinclair, n'était ouvertement queer, alors où était ma place dans ma famille maternelle ? Elle détestait déjà mon père. Et si elle finissait par me détester, moi aussi ?

Tyler hésita un moment, récupéra son sac et, prudemment, contourna la table sans s'asseoir. Il vibrait à cause d'une anticipation nerveuse et c'était ma faute. Je l'avais épuisé au point où il était nerveux rien qu'à l'idée de s'asseoir en face de moi. Soren avait raison de se demander qui j'étais en réalité, tout comme il avait raison de me dire que j'avais tout en moi pour être une meilleure personne. Je n'étais pas réel et je dirais même plus, j'étais dans un sale état. J'étais un enfoiré brisé qui n'avait même pas de cœur et qui s'attendait tout de même à ce que le monde se plie à sa volonté. J'étais le pire genre de personnes et j'étais triste, incroyablement seul et aussi pathétique que mon père.

— Tu peux t'asseoir, si tu veux, dis-je, bien que cela serait plus facile s'il restait debout pendant que je faisais mon discours, puis partait.

— Pourquoi ?

Il ouvrit entièrement les yeux et jeta un coup d'œil autour de lui, comme s'il s'attendait à ce que Miles revienne ou que Jonah apparaisse, ou peut-être que je me propulse au-dessus de la table et le colle contre le mur.

— Je veux discuter.

— De quoi ?

Il fronça les sourcils en jouant avec la fermeture de son sac à dos. Je me concentrai sur le pin's arc-en-ciel accroché sur une poche et les couleurs s'embrouillèrent. Il était ouvertement gay, il l'était depuis aussi longtemps que je m'en souvenais, avec ses pin's arc-en-ciel, les couleurs pâles dans ses cheveux et le soupçon de kohl qui ne respectait clairement pas le règlement de l'école. Curieusement, il s'en sortait tout de même. La trace gris foncé autour de ses yeux était-elle là parce qu'il s'était appliqué du maquillage ce matin ? Ou était-elle là depuis hier soir ? Je l'imaginai assis devant un miroir en train d'appliquer des couleurs et peut-être de se prendre en vidéo pour les réseaux sociaux, de jouer avec ses cheveux et de se sentir bien dans son corps… peut-être…

— Qu'est-ce que tu es ?

Bon sang, ce fut la bêtise la plus incohérente que j'aie jamais dite. *Qu'est-ce que tu es ? D'où ça venait, ça ?* Mon visage me brûla sous l'effet de l'humiliation et je faillis me lever et partir avant que Tyler soit témoin de ma faiblesse.

— Qu'est-ce que je suis ? demanda-t-il, confus. Un étudiant en quelle spécialité, tu veux dire ? Non ? Je suis humain, peut-être. C'est ce que tu veux dire ?

— Non, est-ce que tu… je veux dire, tu fais *ça* souvent ? dis-je en agitant la main plus spécifiquement au niveau de son visage.

— Quoi ? demanda Tyler, qui fronçait de plus en plus les sourcils.

Il baissa la tête afin que sa frange retombe et dissimule une nouvelle fois ses traits délicats.

— Le maquillage. Enfin, c'est beau, sur tes yeux. Ça les assombrit. Moi, je n'en mettrai pas, parce que je finirais par ressembler à un membre de Kiss et mes mains ne sont pas assez stables, de toute manière.

J'en tendis une et fis semblant de la faire trembler.

— Tu vois ?

Il leva brusquement la tête.

— Tu es en train de te foutre de moi ?

Il jeta un nouveau coup d'œil autour de lui avant de me dévisager d'un air suspicieux.

— C'est quoi le but ? Tu me berces avec ta discussion et après quoi ? Tu vas bondir au-dessus de la table et me rouer de coups ?

Il releva le menton.

— Dépêche-toi de finir ce que tu es en train de faire, parce que j'ai promis à ma mère de rentrer avant qu'il fasse nuit.

— Non, je voulais sincèrement… écoute… Soren a dit que j'étais… Non. Je veux dire que j'ai besoin de…

Je m'interrompis, car je ne faisais que bafouiller des

inepties qui n'avaient aucun sens, et Tyler, qui attendait visiblement que je lui balance une réplique frappante ou que je le frappe, n'en était que plus confus. Pourquoi était-il si difficile d'être sincère ?

— Mon père a dit que tu avais besoin d'un ami.

Il grimaça.

— Quoi ?

— Il a dit que ta mère et toi, vous étiez chez moi ce matin-là, parce que vous aviez besoin d'amis.

— Et c'est *tout* ce qu'il t'a dit ?

Tyler se frotta le bras et j'eus l'impression qu'il allait bondir.

Mon cœur plongea dans mes talons. Papa m'avait-il menti ? Pour une folle raison, j'avais imaginé que mon père avait été honnête avec moi.

— Mon père a menti ? Est-ce que ta mère et lui… ?

La porte s'ouvrit brusquement et Soren sortit. Il nous vit, Tyler et moi, et resta planté là comme un genre d'ange vengeur.

— Mais qu'est-ce qu'il se passe !? demanda-t-il avec autorité.

Il sauta ensuite les trois marches pour venir se pencher au-dessus de moi.

— Tu vas bien, Tyler ? Seigneur, Felix, quand je commence à croire que tu as un putain de cœur, tu t'en prends une nouvelle fois à Tyler. Si tu as quelque chose à dire…

— On discute, l'informai-je pour interrompre le sermon quelconque que me faisait Soren.

Il m'observa d'un air suspicieux.

— Vous discutez ? s'enquit-il tandis que sa colère s'amenuisait.

Il plissa ensuite les yeux en nous scrutant tour à tour, Tyler et moi.

Je ne pus résister à une petite pique.

— Oui, tu sais, quand les gens ouvrent leur bouche et que des mots en sortent.

— Qu'as-tu fait à Tyler ? s'enquit-il.

— Rien, lui répondis-je d'une petite voix.

— Il dit qu'il veut me parler.

Tyler donnait l'impression d'être choqué.

Soren et lui échangèrent des coups d'œil, puis il s'assit immédiatement en face de moi avec son air inquiet.

Je me perdis dans ses yeux. Dans leur couleur, la manière dont ils s'éclairaient grâce à son sourire ou s'assombrissaient quand il se mettait sur la défensive. Ils étaient aussi devenus tout doux quand nous bavardions à la bibliothèque. Que ferait-il si je tendais la main au-dessus de la table et que je l'attirais vers moi pour l'embrasser ? Ou que je faisais quelque chose d'encore plus stupide comme lui dire d'abord que j'avais envie de l'embrasser ?

— Alors, parle.

Le ton de Soren ne ressemblait en rien à celui qu'il avait employé pour s'adresser à moi à la bibliothèque. Il ne s'agissait pas de tendres mots compréhensifs. Soren était là pour Tyler, pour l'ami avec qui j'avais perdu les pédales, tout ça parce que sa mère était…

Quoi ? Proche de mon père ? Plus que ça ? Même s'ils étaient plus que ça, quelle importance ? Maman était partie et nous avait rendu visite pour la première fois depuis une éternité, uniquement pour signer des papiers, crier sur mon père et menacer de m'emmener. Leur mariage était terminé.

J'arrachai mon regard à Soren pour le river sur Tyler.

Celui-ci marqua une pause avant de venir chevaucher le banc à côté de Soren. Si la situation n'était pas sérieuse – bien que je ne sache pas quelle était cette *situation* –, j'aurais pu rire de cette disposition digne d'un entretien d'embauche. Tyler était troublé et Soren agissait comme si j'étais une bombe prête à exploser.

— Qu'aurait aussi dû me dire mon père ? demandai-je à Tyler.

Il détourna le regard et marqua une pause si longue que je crus qu'il n'allait pas répondre. Toutefois, il releva ensuite les yeux vers moi.

— Ma mère aime bien ton père, commença Tyler.

Je me crispai, car c'était à ce moment qu'il m'annonçait que mon père avait menti et que sa mère couchait avec lui.

— Ils sont amis, ajouta-t-il tandis que son regard brillait d'émotions. Je suis content qu'elle ait un ami comme ceux que j'ai.

Il donna un coup d'épaule à Soren, qui lui sourit de ce même beau sourire que je remarquais un peu trop, ces derniers temps.

— Alors, attends, ils ne… tu vois…

J'agitai mon doigt, mais Dieu seul savait ce que cela traduirait. Et je me détestais aussi de poser la question.

Il s'exclama.

— Non. Enfin… Je ne sais pas… Pour l'instant, elle a simplement besoin de quelqu'un qui l'écoute et d'un endroit sûr où nous pouvons aller, si besoin est.

Il s'arrêta comme s'il avait dit quelque chose qu'il aurait dû taire.

— Pourquoi avez-vous *besoin* d'être en sécurité ? demandai-je.

Néanmoins, ce fut comme si Tyler avait reçu le signal de se taire et il mit son sac à dos sur ses épaules.

— On en a fini, dit-il.

Il s'en alla en trottinant. J'étais perplexe à cause de la manière dont il avait mis fin si brusquement à cette conversation.

— Je n'ai même pas eu l'occasion de lui dire que j'aimerais essayer d'être son ami, déclarai-je.

Une fois que les mots eurent quitté mes lèvres, je me rappelai que Soren était assis *juste là*.

Il me dévisageait, bouche bée.

— Hein ?

Je me levai péniblement et l'ignorai. Je partis ensuite à l'avant de l'école où Rick attendrait pour me ramener, avec Soren à mes côtés.

— C'était quoi, toute cette histoire avec Tyler ? demanda mon camarade peut-être deux ou trois fois en s'arrêtant quand nous arrivâmes à la hauteur de Rick dans sa voiture.

Je pivotai vers Soren et enfonçai un doigt dans son torse.

— Ne t'approche pas de moi.

Il me regarda m'en aller, les mains dans les poches, et je refusai de me tourner vers lui.

— Tu as passé une bonne journée ? demanda Rick.

— Oui, mentis-je.

J'étais super doué pour mentir.

Chapter Treize

Soren

U<small>NE TRÈS VIEILLE CHANSON DE MÉTAL</small> — SI <small>VIEILLE QUE MON</small> père Ten se déchaînait en l'écoutant – me criait de mettre la folie de côté.

C'était un assez bon tube, pour être honnête. À vrai dire, je l'avais dans ma playlist, avec le reste de ma musique éclectique. Si je pouvais prendre cette chanson et changer les paroles afin qu'elles reflètent ma vie, elle dirait de *mettre l'étrangeté de côté*, car l'étrangeté s'était exponentiellement accrue. Et comme je n'étais pas Mercredi Adams, je n'étais pas franchement à l'aise à l'idée de vivre dans un monde étrange. Les choses que je pensais gravées dans le marbre étaient désormais en ruines à mes pieds.

Felix et moi avions clairement vécu un moment comme dans les films, à la bibliothèque. Et pas un moment cool comme dans le film où un ballon rouge flotte et que des gamins tombent nez à nez avec un clown dément/un enfant angoissant carbonisé dans la cave. Non. Honnêtement, étant donné les crampes que j'avais à l'estomac et ma peau qui rougissait chaque fois que je voyais Felix, je préférerais affronter le gamin mort carbonisé. D'accord, peut-être pas, mais bon sang, la situation était merdique. Qu'est-ce qui m'avait poussé à vouloir embrasser Felix ? Ne l'avais-je pas détesté, il y a un mois encore ?

Si, si je le détestais.

Merde. Je secouai la tête pour arrêter de visualiser cette scène de comédie romantique dans laquelle Felix et moi étions assis sous la peinture d'une Révolutionnaire renfrognée, ou pour cesser de ressentir le besoin presque désespéré de l'embrasser à l'entrée de la bibliothèque.

Si on mettait de côté la musique et les baisers, ce n'était pas le moment de me déconcentrer. Nous jouions notre premier match contre Hershey. Tout le monde était là. Mes pères, mes grands-parents, mon frère et ma sœur, ainsi que tous les parents des joueurs. Même la mère de Tyler et le père de Felix étaient présents, assis côte à côte et partageant une couverture et un thermos de café chaud en nous applaudissant.

Tout le monde agissait comme si rien n'avait changé, et c'était irréel parce que tout avait effectivement changé. J'avais failli embrasser Felix. À deux reprises. Il ne s'était pas dérobé la première fois et n'avait pas non plus reculé. Il s'était penché vers moi, au-dessus de livres sur les vétérans noirs et de tonnes de notes griffonnées. Il avait eu ce regard vitreux, dans ces yeux bleu ciel, et s'était rapproché. Pourquoi ? Se comportait-il comme un salaud ? Attendait-il que nos lèvres soient super proches avant de reculer et de me qualifier de queer idiot ? Ses potes primitifs se cachaient-ils dans le rayon des non-fictions, prêts à prendre des vidéos quand il me déchiquetterait parce que j'avais essayé de lui faire des avances? Pourquoi étais-je bête au point de tomber sous le charme d'un hétéro qui arborait fièrement son badge de trouduc? Il y avait littéralement plus de deux mille personnes, environ, pour qui je pouvais craquer à Chesterford. Des milliards de personnes dans le monde. Et je choisissais le plus gros enfoiré de l'école. Qu'est-ce que cela disait sur moi? Que j'étais un abruti.

— Attention la tête! hurla le coach tandis qu'un palet volait jusqu'au banc.

Nous nous baissâmes tous, mais je le fis plus lentement que les autres, car j'avais encore la tête dans les nuages. Le coach attrapa le palet avant de le jeter à l'arbitre de touche. Beaux réflexes pour un vieux gars. Je profitai de l'occasion pour regarder à l'autre bout du banc et je vis Felix en train d'observer l'action, son protège-dents pendant d'un côté de sa bouche et ses joues roses à cause de l'épuisement. Il était bêtement beau. Enfin, c'était le genre de beauté qui vous rendait idiot. Moi. Qui *me* rendait idiot.

— Rowe. Tu comptes rejoindre ta ligne, là-bas?

Je sursautai quand l'entraîneur tapota mon casque.

— Désolé, Coach, marmonnai-je avant de passer ma jambe au-dessus des panneaux de protection et de rougir tant j'étais embarrassé.

Je dus faire un effort pour quitter cet état d'esprit. Ten et Jared avaient réussi à se dégager du temps pour ce match avant de devoir partir en road trip vers le sud, afin d'entamer la nouvelle saison de NHL. De plus, nous voulions vraiment débuter cette saison avec une victoire.

Bien. Concentre-toi sur le jeu, Soren.

Sachant que l'équipe d'Hershey était médiocre, je voguai à travers leur ligne défensive après avoir gagné la mise en jeu. Ils avaient perdu beaucoup de leurs meilleurs défenseurs au profit de l'équipe universitaire, pendant l'été. Ainsi, la plupart des défenseurs aujourd'hui sur la glace étaient des étudiants de première année. Cela nous offrit un avantage dont nous avions profité jusqu'à maintenant. La première période de quinze minutes nous avait permis de mettre deux buts et de n'en prendre aucun. Lors de la seconde période, ils eurent un peu plus d'entrain et réussirent à se faufiler derrière notre gardien pour en mettre un. Désormais, il ne restait que six minutes et nous étions toujours en train de gagner, mais si nous mettions un autre but, nous respirerions un peu plus tranquillement. La glace n'était pas bonne. Certains endroits étaient mous et creusés et beaucoup de joueurs tombaient donc sans raison apparente. Passer le palet devenait intéressant.

Je transmis une passe rapide à Caleb, notre joueur central, et vis avec horreur le palet heurter une zone fondue. Il ralentit suffisamment pour qu'un défenseur d'Hershey pose sa crosse dessus. Me maudissant, je dus partir à toute vitesse pour tenter de rattraper le mec avec notre palet, qui se précipitait vers notre but. Je savais que j'avais merdé et je fis donc ce que n'importe qui ferait pour se sauver. Je coinçai ma crosse entre les patins du joueur qui détenait le palet et le fit tomber. Un coup de sifflet retentit alors que le mec qui s'apprêtait à mettre un beau but glissait la tête la première dans notre filet. Il allait bien, mais il était en colère et assoiffé de sang quand il se releva sur ses patins. J'étais déjà en route vers le banc des pénalités, sans même que l'on me dise d'y aller. Je savais que le coach allait me sermonner pour le cadeau que je leur faisais. Peu importaient les conditions sur la glace, c'est entièrement ma faute.

Je crachai mon protège-dents dans ma main gantée et saisis la bouteille d'eau que l'homme près du banc des pénalités – un bénévole de notre club de supporters – me tendait. Le père de Caleb me lança un regard compatissant. Il savait que j'avais fait ce qui devait être fait. Les deux minutes suivantes furent tendues, avec plusieurs beaux tirs vers notre but, mais aucun ne passa au-delà de Cullen. Grâce à tous les dieux du hockey.

Je remontai sur la glace comme une fusée et me reconcentrai vivement sur le jeu, levant la crosse de l'un des joueurs d'Hershey pour lui voler le palet. Cette fois-ci, je fis une belle passe et le palet naviqua jusqu'à Felix qui effectua alors un tir puissant vers le filet de Hershey, mais il rebondit bruyamment sur la barre transversale. Nos supporters grognèrent.

Je m'approchai ensuite du banc, espérant ne pas trop me faire laminer par l'entraîneur. Il me lança un coup d'œil, ce genre de coup d'œil qui faisait légèrement frémir mes testicules. Sans mentir.

Quand la sonnerie retentit, les fans des Coyotes et nos partenaires se levèrent pour brailler en même temps que nous, depuis le banc. C'était notre manière de célébrer les victoires. Nous criions en relevant la tête et jappions. Après les cris de victoires, nous serrâmes la main des joueurs de l'équipe adverse. Emplis d'énergie, nous nous rendîmes ensuite dans le vestiaire. Le coach nous fit un petit discours motivant et nous fit ensuite remarquer les éléments que nous devrions améliorer lors du prochain match. Dans l'ensemble, il fut assez indulgent avec moi.

Ainsi, quand je quittai le vestiaire pour retrouver ma famille et les supporters à la pizzeria du coin, je me sentais bien.

L'endroit était bondé. Les odeurs d'ail et de tomate surchargeaient l'air. J'entrai aux côtés de mes pères, de mes grands-parents, de ma sœur et de mon frère. Lottie chouina, car elle était fatiguée, jusqu'à ce qu'elle voie l'intérieur de la pizzeria, l'endroit qu'elle préférait *dans le monde entier* parce qu'ils avaient des pizzas et des tableaux sur les murs. Les tables étaient couvertes de nappes à carreaux rouge et blanc tandis que de fausses bougies étaient allumées dans de petits pots de verre sur chaque table. Notre équipe occupait une dizaine de tables et il en était de même pour les supporters et les familles. Le restaurant était follement bruyant. Nous tapions tous nos poings en nous croisant et même Felix leva la main. Je la tapai légèrement avant de me laisser tomber nonchalamment sur une chaise à côté de lui. Je retirai la veste que j'avais eue l'année dernière. Nous en avions tous une. Enfin, pas tous. Les élèves de première année auraient la leur à la fin de la saison. J'étais fier d'en avoir une et de montrer au campus que je faisais partie de cette équipe. De plus, je ne l'inventais pas, les filles et les mecs avaient tous vraiment envie de sortir avec des sportifs. J'étais sorti deux fois l'année dernière avec une fille qui m'avait demandé si elle pouvait porter ma veste. Ouais… non. Ça n'arriverait qu'avec quelqu'un d'incroyablement spécial. Quelqu'un avec qui je serais engagé dans une relation exclusive.

— Jolie pénalité, dit Felix alors que des pichets de soda étaient posés sur les tables.

Je le regardai et obtins en retour l'un de ces sourires narquois qui me faisaient un effet étrange. Je me frottai lentement le menton avec mon majeur et m'assurai qu'il le voyait. Les mecs autour de nous s'esclaffèrent et Felix hocha la tête, rien qu'une fois, tandis que ses yeux bleus étaient joyeux, pour une fois. Il se servit ensuite de la racinette. Je l'avais fait sourire. C'était ridicule, mais ça me rendait vraiment heureux.

IL ÉTAIT ICI, dans ma chambre, et nous étudiions. Bon sang, j'étais carrément en train de me noyer, comme si j'avais plongé avec des bottes remplies de ciment.

— … pensais qu'on devrait faire une présentation abstraite, non ?

Je fis rouler ma tête sur la gauche. Felix était allongé à côté de moi, sur le sol de ma chambre. Des livres, des papiers, un tableau blanc et des marqueurs étaient éparpillés autour de nous, tandis que *I Like You (A Happier Song)* de Post Malone résonnait depuis les haut-parleurs de mon bureau. J'aimais ce chanteur et son duo avec Doja Cat était de la bombe. Il décrivait également dans quel état d'esprit j'étais alors qu'octobre s'installait avec ses nuits fraîches, ses feuilles tombantes et un bal dans deux semaines. Un bal pour lequel je n'avais toujours pas de partenaire.

— Bien sûr. C'est cool.

Je levai ma tablette et posai les talons sur le mur, sous un poster de Dwight Schrute. Felix était dans la même position, les jambes relevées contre le mur, et nous avions mis des oreillers sous nos fesses pour remonter encore plus nos pieds. D'après ma grand-mère, c'était une position de yoga vraiment cool qui aidait à apaiser la tension dans les jambes. Nous avions tous les deux des crampes à cause d'un entraînement mortel après les cours, aujourd'hui.

— On peut inclure les images en les inclinant. Ça ressortira plus et ça ressemblera moins à *Marie-Caroline* ou je ne sais plus le nom de ce magazine.

Il ricana avant d'incliner sa tablette d'un côté, puis de l'autre, attendant que son écran se retourne.

— *Marie-Claire*, crétin.

— Comment le sais-tu ?

— Ma gouvernante le lisait, avant.

— Oh, cool. Elle est sympa ? Ta gouvernante ?

— Hmm, ouais. Phoebe est sympa. On devrait ajouter d'autres interviews, tu en penses quoi ?

Je roulai sur le côté et croisai mes pieds dans une forme de bretzel pour accommoder mes fesses toujours appuyées contre le mur. Enfin, une unique fesse était contre le mur. C'était une position bien noueuse pour laquelle, j'en étais sûr, ma grand-mère aurait un nom tiré du yoga, si elle la voyait.

— Ouais, ce serait cool.

Je serrai mon iPad contre mon torse pour apprécier le profil de Felix. Il sentait vraiment bon, ce soir. Comme un soda à la vanille et à la cerise. Ses cheveux dorés et courts collaient à ses joues et à ses cils. Je dus fermement m'agripper à ma tablette pour ne pas le toucher. Cette mèche de cheveux sur ses cils devait être écartée tendrement de son œil.

— Ouais, cool. J'aime l'idée que nos articles ne concernent pas trop l'histoire insipide du bâtiment, mais évoquent plutôt les gens bien vivants qui y travaillent et qui viennent à Chesterford. C'est beaucoup plus percutant.

Il était si beau à regarder, surtout quand ses yeux

brillants étincelaient de créativité. Il quitta sa tablette des yeux pour m'observer quand je ne répondis pas. À l'instant où son regard croisa le mien, cette étrange sensation tremblotante jaillit de mon bas-ventre. Et ce n'était pas un gaz à cause des tacos que mamie avait préparés pour le dîner. Il s'allongea sur le côté sans jamais cesser de me regarder et il se rapprocha jusqu'à ce que nos nez ne soient plus qu'à deux centimètres d'écart. Je le regardai dans les yeux, appréciant toutes les différentes teintes saphir, turquoise et tournesol. Ses épais cils descendirent une fois, deux fois et la troisième fois, ils se posèrent sur sa joue pendant une seconde avant de remonter lentement.

Je crois que c'est moi qui fis le premier pas, mais peut-être l'avions-nous fait en même temps ? Difficile de le dire quand il n'y avait que quelques millimètres entre nous. Peu importait qui. Peu importait quoi. Rien de tout ça n'avait d'importance, car ses lèvres pulpeuses étaient désormais collées contre les miennes et c'était ce qui comptait le plus.

J'avais déjà embrassé d'autres personnes, par le passé. J'étais même allé plus loin que des baisers, à quelques reprises. Enfin, j'allais avoir seize ans dans cinq jours. Donc ouais, toute cette histoire de baisers n'aurait pas dû m'atteindre comme elle le faisait. Le baiser fut tendre et légèrement hésitant. Il était incroyablement torride, même sans langue. Mon corps vibrait et mon sang se dirigea si vite vers le bas que j'en eus le vertige.

Puis Felix recula. Je m'humidifiai les lèvres pour le goûter un peu plus longtemps dans ma bouche. Il me dévisagea comme si j'étais une nouvelle espèce découverte au fond de l'océan.

— C'était… Je n'aurais pas dû faire ça, dis-je faiblement alors qu'il restait allongé là et me regardait d'un air absent. Je sais que les mecs ne t'intéressent pas. Je… Je suis désolé. Tu ne m'as pas donné ton consentement.

— Je me suis approché de toi, chuchota-t-il.

Sa voix était si douce et endormie que je dus tendre l'oreille pour l'entendre.

— J'aime les mecs. Exclusivement, je crois.

Je clignai des yeux. Vivement. Plusieurs fois. Si je m'étais retrouvé au milieu d'une tempête de sable dans le Sahara, je n'aurais pas autant cillé. D'accord. Euh. Eh bien, ça expliquait… absolument rien.

— S'il te plaît… ne pose pas de question. Je te donne carrément mon consentement si tu crois que tu aimerais recommencer.

Il n'eut pas besoin de le demander deux fois. Nous nous embrassâmes une douzaine, voire deux douzaines de fois. Tous nos baisers furent timides. Nous nous attardions suffisamment pour en profiter, puis nous nous séparions.

— Je ne sais pas quoi dire.

J'étais essoufflé après le quinzième baiser. J'avais envie de dire et de demander une tonne de choses, mais il m'avait intimé de laisser couler, alors j'allais carrément le faire. J'entendis un bruit sourd devant ma porte juste avant que quelqu'un frappe et nous oblige à nous séparer en glissant comme si nous étions deux crotales.

— Les garçons. Il est vingt-trois heures. Il est temps d'arrêter vos révisions. Je vais te raccompagner chez toi, Felix, dit papy avant de nous gratifier d'un large sourire et de partir en laissant la porte de ma chambre grand ouverte.

— J'imagine que c'est fini, dit Felix d'une voix tendue.

Nous rassemblâmes ses affaires en silence, et ni l'un ni l'autre, nous ne sûmes quoi dire après les deux douzaines de baisers. Je le raccompagnai jusqu'à la porte d'entrée. Papy hocha la tête dans ma direction avant de guider Felix vers sa voiture. Ils partirent et il ne resta que la lumière des feux dans l'obscurité.

Comme il était incroyable de constater que la rencontre de deux paires de lèvres pouvait tout changer subitement.

Chapter Quatorze

Felix

— ... ET ILS M'ONT DIRECTEMENT TRAVERSÉ, SI TU VOIS CE QUE je veux dire.

Le grand-père de Soren me fit un clin d'œil en éteignant le moteur. Je ne pus m'empêcher de lui sourire en retour. Il était tout ce que j'avais toujours cru vouloir chez un grand-père, mais les seuls grands-parents que j'avais étaient ceux de ma mère, à New York. Ils ne m'avaient jamais vraiment pardonné d'être l'enfant de leur fille et d'un mari mal choisi. Bien sûr, je les voyais parfois en été et un Noël sur deux, mais c'était plus pour un échange d'argent parce que j'étais poli qu'un partage de câlins et d'histoires comme la fois où le grand-père de Soren avait mangé trop de pruneaux.

— Merci de m'avoir raccompagné chez moi, dis-je avant de sourire en ouvrant la portière.

Je le vis alors en faire de même.

— C'est plus poli de dire bonsoir.

Je n'allais pas le contredire, car je ne savais pas comment faire. J'étais toujours sur un nuage à cause des baisers et des mots doux partagés avec Soren. Qu'est-ce que cela signifiait ? Nous fréquentions-nous ? Sortions-nous ensemble ? Était-ce à cause des hormones ? Allions-nous nous balader main dans la main à l'école ? Merde... Je n'arrivais même pas à y penser, actuellement.

Je passai à l'arrière de la maison, le grand-père de Soren sur mes talons, et je vis d'abord Rick.

— Ravi de vous rencontrer, commença le vieil homme.

— Ce n'est pas mon père.

Je me demandai ensuite comment expliquer ma relation avec Rick, mais je sus exactement quoi dire à ce moment.

— Il est comme mon meilleur ami, sa femme Phoebe et lui s'occupent de moi.

Rick me lança un sourire radieux avant de tendre une main vers le vieil homme.

— Je suis le grand-père de Soren.

— Rick.

Ils discutèrent brièvement, taillant une bavette en abordant la météo, les voitures et le jardinage. Rick me serra légèrement l'épaule quand je passai à côté de lui et nous nous sourîmes.

La porte de la cuisine était ouverte et je laissai tomber mon sac sur la table avant d'appeler mon père aussi fort que je pouvais le faire sans que ma voix parvienne à son bureau.

— Il est probablement encore en réunion, expliquai-je au grand-père qui ne me contredit nullement.

Il imita simplement le geste de Rick et me serra l'épaule. Il m'offrit ensuite un dernier conseil, comme les grands-parents aimaient le faire. Seulement, il ne voulait pas m'aider à arranger ma cravate ou à ne pas avoir l'air débraillé. Il ne souhaitait pas non plus s'assurer que j'étudiais correctement. Il s'agissait plus d'un conseil pratique.

— Reste loin des pruneaux.

— C'est un bon conseil, répondis-je.

Nous rîmes quand il partit. La collision entre mon père et le grand-père de Soren avait été évitée.

J'attrapai un jus de fruits et des friandises avant de m'installer dans le salon télé avec mon portable.

J'avais besoin de réponses et mon téléphone pouvait peut-être m'aider. J'activai donc le mode incognito sur mon navigateur – au cas où – et commençai à taper mes questions.

Comment être gay ? Cette question m'apporta beaucoup trop de réponses et je savais déjà ce que j'étais. J'avais simplement besoin de cadrer ma nouvelle vie avec ces connaissances. J'étais gay, les garçons m'intéressaient et surtout, Soren m'intéressait.

Attendez… J'affichai le navigateur Internet et tapai une nouvelle question. *Puis-je être gay pour une seule personne ?* Plusieurs réponses me parvinrent, abordant le spectre de la sexualité, et j'étudiai prudemment chacune d'elle. Soren me plaisait-il uniquement parce que mes émotions étaient embrouillées ? Voulais-je simplement expérimenter ? Ou cette chose avec Soren arrivait-elle parce que je pensais le détester et qu'il se trouvait en réalité qu'il n'était pas un mauvais garçon ? Peut-être était-ce parce que son père était Tennant Madsen-Rowe ? Cette dernière pensée comprima ma poitrine. Soren pouvait très bien être de la même famille que Tennant, ça n'avait rien à voir avec tout ça.

Cela remontait à beaucoup plus loin que Soren.

Jusqu'à James Dryden, en cours de maths. C'était un sportif, un joueur de football américain, prétentieux, sûr de lui, et j'avais ressenti des *choses* en le regardant plus ou moins avec émerveillement. Il était parfait. Il était mon rêve. Il était tout ce à quoi je pensais, jusqu'au jour où Soren avait commencé les cours à Chesterford.

Non, ce n'était pas que Soren.

Mais c'était lui, qui avait dominé toutes mes pensées depuis que je l'avais rencontré, la première fois.

Me déchaîner contre lui avait sans doute été un mécanisme d'autodéfense pour lutter contre mon attirance, non ? Cette attirance envers le garçon qui avait été sauvé du néant et à qui on avait tout donné sur un plateau d'argent. Était-ce ce que je pensais à présent ? Étais-je la pire personne sur cette planète Terre ou étais-je simplement confus ? Je cliquai sur d'autres liens et ouvris une page concernant la bisexualité. Étais-je bi, si j'aimais bien regarder une fille avec un pull, même si je matais plus le vêtement que ses seins ? Je m'imaginai embrasser une fille et sentir toute cette douceur contre moi, mais ça ne me fit aucun effet. Je voulais des mains fortes et la sensation d'une…

… Je voulais Soren.

— Felix ? m'appela mon père en interrompant mes pensées.

Je fermai hâtivement toutes les fenêtres de la navigation privée. Je n'étais certainement pas prêt à annoncer à mon père quoi que ce soit à propos de Soren, des baisers ou de mon homosexualité.

— Tout va bien ?

C'était une question. Il resta dans l'embrasure de la

porte et continua de me parler bien que je n'aie pas envie de lui répondre parce qu'il gâchait ma grande révélation ainsi que cette lueur rosée qui m'entourait depuis que j'avais embrassé Soren.

— Je révisais avec Soren, son grand-père m'a raccompagné.

— Remercie-le de ma part.

Je clignai des yeux en le regardant.

— Soren ou son grand-père ?

— Son grand-père. Parce qu'il t'a raccompagné. J'étais au téléphone et j'essayais de… rien. Enfin, j'aurais pu passer te récupérer.

— C'est bon.

— On peut discuter ?

Je posai prudemment mon téléphone sur le côté.

— Oui ?

Il me fit un signe de la main vers le canapé, comme s'il avait besoin de ma permission pour entrer. Je hochai la tête – ce qui était ma façon de dire *peu importe*.

Il s'installa sur le canapé opposé et tendit la main vers la télécommande afin d'éteindre la télévision. J'inclinai le menton, car j'avais sans aucun doute merdé et que j'aurais dû savoir que notre trêve serait brisée. Il pensait peut-être que j'avais parlé à ma mère, ou alors j'avais laissé une serviette mal rangée, ou bien j'avais été malpoli ou peut-être que j'étais au mauvais endroit au mauvais moment. C'était probablement parce que j'avais tenté de discuter avec Tyler – je l'avais sans doute regardé de travers, quelque chose de ce genre, et il était allé se plaindre à sa mère. Génial. Désormais, je me sentais stressé et tendu.

— Qu'est-ce que j'ai fait, cette fois ? demandai-je avec une patience exagérée.

— Rien. Tu n'as rien fait de mal. Écoute…

Il s'interrompit, avant de gigoter vers l'avant pour être assis au bord du canapé.

— Nous avons une décision à prendre, ensemble, tous les deux. La raison pour laquelle j'avais une réunion… c'est parce que je parlais à mon avocat. J'ai vraiment essayé de lutter, Felix, mais ta mère ferme le bureau de Harrisburg. Elle vend la maison sous mon nez et j'aimerais que nous déménagions…

— Attends. Je sais à combien s'élève ta fortune, papa, je surveille la bourse tous les jours.

— Sur le papier. Tout ce que j'ai est relié à l'entreprise. Nous avons établi un contrat prénuptial quand j'étais si jeune que je ne savais même pas ce que je signais, et ça n'avait pas d'importance parce que j'aimais ta mère, à l'époque. Je l'aimais.

Il se frotta les yeux.

— Je sais que tu l'aimais, murmurai-je comme j'avais l'impression que c'était la chose à dire.

— C'est la maison de ta mère. Tout l'argent que j'ai est celui de ta mère. Pas le mien.

— Elle va me le donner et tu pourras rester, déclarai-je d'un air confiant.

Ma mère s'était peut-être lentement, mais sûrement, retirée de ma vie, elle était tout de même ma mère.

Il riva son regard sur le sol et ses épaules se voûtèrent.

— Elle l'a mise en vente. Aujourd'hui.

— Alors, empêche-la de le faire.

J'ignorais pourquoi j'insistais, parce que je n'aimais même pas cette maison – je la détestais. Mais c'était là que vivaient Phoebe et Rick, et si nous déménagions, allais-je les perdre et me retrouver seul ? Ou finirais-je avec papa ?

Tout s'écrasa brusquement sur moi. Les baisers furent oubliés et ma paix momentanée fut brisée. J'appuyai une main contre mon cœur alors qu'il battait la chamade et l'adrénaline me traversa comme de la lave, brûlant, sifflant et détruisant tout lambeau de pensée rationnelle.

Papa mijotait-il quelque chose ? Allait-il partir ? Serais-je complètement seul ?

— Il faut qu'on trouve un autre endroit…

— Fais-le, toi ! crachai-je. Trouve-toi un autre endroit où vivre, parce que je ne vais pas perdre Phoebe et Rick. Je vais vivre avec eux !

Son visage se déforma et je crus qu'il était sur le point de pleurer.

— Tu ne perdras jamais Phoebe et Rick. Je vais leur demander de venir avec nous, peu importe où nous allons. Je sais que tu crois que je m'en moque, je sais que tu ne me fais pas confiance et, bon sang, je sais que tu peux nous en vouloir, à ta mère et à moi, mais Felix, je veux que nous recommencions de zéro, parce que tu es mon fils.

— Sur le papier, dis-je en faisant écho à ce qu'il avait répondu précédemment.

Il grimaça comme si je lui avais donné un véritable coup de poing. Peut-être qu'en ce moment même, je pourrais frapper quelque chose, car j'avais envie de retrouver mon éclat doré.

— Je mérite des parents qui s'intéressent à moi… mais tu sais quoi ? Peu importe. J'en ai assez de tout ça. Vous divorcez, alors j'ai le droit de choisir où je vais vivre. Fin de la discussion.

— Je pensais que nous pourrions rester dans les environs et que tu vivrais avec moi afin de pouvoir rester à Chesterford.

Je ne pouvais supporter toutes ces larmes et ces émotions.

— Mais, fils, si tu veux être avec ta mère, je ne t'en empêcherai pas.

Quoi ? Pourquoi ne m'en empêcherait-il pas ? Ne voulait-il pas de moi ? J'étais son fils ! Qu'ils aillent se faire voir, tous les deux. Si ni l'un ni l'autre ne me voulait, alors je trouverais un autre endroit, je vivrais avec un ami... Je n'avais pas de véritables amis... J'avais Soren.

Ma tête était embrouillée.

— Je déteste que tu aies dit ça ! Je m'en vais. Je ne sais pas où, mais j'en ai fini avec tout ça.

— Fils, je ne voulais pas dire que je souhaite ton départ...

— Je te déteste et je déteste maman.

Je me levai, alors même que le visage de mon père se froissait.

— Tu m'as bien entendu ? Je te déteste !

Oui, j'avais envie de lui faire du mal, parce que cette douleur était réelle, honnête et vengeresse pour toutes les fois où je m'étais enfermé à clé ici afin d'échapper aux disputes de mes parents lors desquelles il cédait constamment. J'en restai de marbre.

Et faire du mal, c'était le domaine dans lequel j'avais appris à être doué.

Je me rendis alors compte qu'il titubait en arrière, encore et encore, jusqu'à ce qu'il atterrisse sur le canapé, une main sur sa poitrine. Il était tordu de douleur.

— Qu'est-ce qui ne va pas ? Qu'est-ce que tu fais ?

Il leva des yeux vitreux vers moi et respira difficilement.

— Les secours.

LE TRAJET jusqu'à l'hôpital passa dans un brouillard. Les secouristes étaient arrivés dix minutes après mon appel, mais j'avais l'impression qu'une heure s'était écoulée quand je ne pouvais que tenir la main de mon père et prier de ne pas l'avoir tué avec les vagues de haine que je lui avais balancées. Un jour entier passa avant qu'on m'explique ce qui était arrivé et toujours aucun signe de ma mère, même si j'avais appelé et laissé un message. Même si elle ne venait pas voir papa, même si elle le détestait autant que j'avais dit le détester, elle serait certainement présente pour son fils. Non ? Je passai beaucoup trop de temps à attendre dans la chaise à côté du lit de papa. À attendre un diagnostic, puis qu'il revienne de l'opération lors de laquelle on lui avait posé un pacemaker, sans même savoir s'il allait bien.

J'avais attendu maman.

J'avais laissé cinq messages avant de recevoir une réponse. Pendant un long moment, je l'avais fixée, comme si les lettres allaient se déplacer et me dire qu'elle m'aimait et qu'elle serait là pour moi. Rien ne changeait. Le message demeurait le même.

Ce n'est pas bon pour ma santé mentale de venir, en ce moment.

Il n'y avait même pas d'émoticône de baisers. Nous n'étions pas une famille démonstrative, mais tout de même, un X solitaire aurait été suffisant pour que je croie qu'elle pensait au moins à son fils pendant cette épreuve.

— Salut, me dit Phoebe depuis la porte.

Rick et elle avaient été constamment présents. Elle

avait couru jusqu'à la maison quand je l'avais appelée pour dire que papa était tombé.

— On va chercher de quoi déjeuner, qu'est-ce que je te prends ?

Je relevai mes jambes sur la chaise et enroulai mes bras autour de mes genoux.

— C'est bon.

Je me sentais malade et choqué, et je n'allais pas bien du tout.

— Je vais te rapporter quelque chose, murmura-t-elle.

Je ne la regardai pas. Je dévisageais papa, qui respirait encore, mais qui n'ouvrait pas les yeux. Elle était sûrement partie, mais ce fut quand la voix d'une autre femme me dit bonjour que je sortis de ma rêverie et, l'espace d'un instant, l'espoir souleva mon cœur. Mais ce n'était pas maman. C'était Lilly Corrigan et, à côté d'elle, Tyler. Ils ne savaient pas quoi faire, et après ce bref bonjour de sa part, elle n'arrivait manifestement plus à dire quoi que ce soit.

J'imagine que c'était à moi de les inviter à entrer, mais je pris un moment pour jeter un premier vrai coup d'œil à la mère de Tyler – un coup d'œil qui n'avait rien d'insultant parce que je pensais qu'elle s'insinuait entre ma mère et mon père. Elle était plus petite que son fils, cette femme maigre aux cheveux bruns, et je voyais de qui Tyler avait hérité ses grands yeux et son ossature. Je comprenais ce que papa pouvait lui trouver, mais cette idée, comparée au fait que mon père était dans un fichu lit d'hôpital, était trop difficile à encaisser.

— Salut, ajouta Tyler.

Ni l'un ni l'autre ne fit un pas pour rentrer. Je savais qu'ils n'avaient pas officiellement le droit de pénétrer dans la pièce à moins d'être de la famille, mais ils étaient là, à présent, alors qu'attendaient-ils ? Une invitation gravée, peut-être ? Merde, même maintenant, je ne pouvais suspendre ce côté désobligeant de mon cerveau. *Je suis brisé*. Je posai mon menton sur mes genoux et les dévisageai. Finalement, Tyler mit fin à cette impasse. Il inspira avant de commencer.

— Nous voulions juste te dire bonjour et te dire que nous sommes désolés que ton père soit à l'hôpital. Si tu as besoin de quoi que ce soit, au lycée, je peux te l'apporter. Si tu as besoin que maman fasse quoi que ce soit, tu n'as qu'à le demander, déclara-t-il d'une traite.

Il jeta ensuite un coup d'œil à sa mère qui avait des yeux étonnamment rouges.

Je n'avais pas de mots. Je n'avais *rien*. J'étais paralysé, mais curieusement, sa sincère promesse d'aide et sa présence même étaient ce dont j'avais besoin.

— Merci, dis-je d'une petite voix.

Je fus reconnaissant quand Phoebe et Rick refirent leur apparition. Je pouvais rester assis en silence et me recroqueviller pendant qu'ils parlaient de choses auxquelles je ne m'intéressais même pas.

— Je peux aller te chercher quelque chose ? demanda Tyler, me faisant sursauter.

Je réalisai qu'il était juste devant moi. Je secouai la tête et il n'insista pas. Je lui en fus reconnaissant.

Quand sa mère et lui partirent, Phoebe et Rick allèrent récupérer certaines affaires à la maison – juste pour avoir quelque chose à faire – et je me retrouvai seul à nouveau avec papa. Je rapprochai la chaise du lit et lui pris la main, l'encourageant à bouger les doigts et à les entrelacer avec les miens. Une infirmière vint prendre ses constantes et me demander si j'allais bien. Je hochai la tête, ne pensant qu'à papa et au moment où nous rentrerions à la maison.

Tout ce que j'arrivais à me dire, c'était que je lui avais balancé que je le détestais et que s'il mourrait…

Je dissimulai mon visage dans les couvertures sur le lit et tentai de calmer ma respiration frénétique, resserrant ma prise autour de la main de mon père et souhaitant qu'il s'en sorte.

S'il te plaît.

Chapter Quinze

Soren

Lorsque le cours d'anglais du jeudi débuta et qu'il n'y eut toujours aucun signe de Felix, je commençai à m'inquiéter. Quelques jours d'absence à cause d'un rhume étaient normaux, mais plus que ça ? J'avais essayé de lui envoyer des messages à propos du projet – non pas à propos des baisers, parce que je ne voulais pas avoir de trace sur mon téléphone. Du moins, pas encore. Mais m'évitait-il à cause du baiser ?

Cela faisait presque une semaine qu'il n'était pas à l'école et je n'avais reçu aucun message à propos de ce magazine idiot, ce qui n'était pas rien. Étais-je agacé d'avoir dû faire le plan tout seul et dans la précipitation ? Oui. Enfin, le travail ne me dérangeait pas… d'accord, il me dérangeait carrément, parce que j'avais déjà suffisamment de choses à faire et c'était minable, que Felix ne contribue pas. Ce boulot m'empêchait également de streamer, ce que j'adorais faire pour diminuer mon stress.

Un stress causé par mon partenaire de projet d'anglais qui ne venait ni en cours ni aux entraînements de hockey. Donc, ouais, j'étais en colère, car nous étions maintenant en retard sur ce stupide devoir. Et Felix, aussi connu sous le nom de Richie Rich, était probablement en vacances d'automne à St Barthélémy, à se délecter au soleil, à bronzer et à draguer les jolies filles des Antilles. Pourquoi me laisserait-il sans nouvelle après nos baisers ? Les regrettait-il, à présent ?

J'étais là, en train de m'acharner sur ce…

— Salut, entendis-je derrière moi.

Je jetai un coup d'œil par-dessus mon épaule après avoir rangé mon livre de chimie dans mon casier et je vis Tyler appuyé sur la rangée de casiers à ma gauche, juste à côté d'un poster de citrouille affiché pour Halloween.

— Tu vas à l'entraînement de hockey, après les cours ?

— Oui.

Je sortis les livres dont j'avais besoin pour mes devoirs, puis fermai mon casier pour me mettre face à lui.

— Tu veux bien me rendre un service ?

Il paraissait stressé et les commissures de ses lèvres se crispèrent quand des étudiants s'échappèrent de leur dernier cours de la journée pour aller prendre le bus ou retrouver la personne qui les ramènerait chez eux.

— Bien sûr.

Je passai mon sac à dos sur une épaule avant de tendre la main vers l'arrière pour passer le bras gauche dans la bretelle pendouillant.

— Tu veux bien dire au coach que je ne serai pas là, ce soir ? Je vais rendre visite à Jim à l'hôpital, avec ma mère.

— Oui, bien sûr.

J'ignorais totalement qui était Jim, mais s'il était à l'hôpital, alors cela semblait sérieux.

— Mais assure-toi d'avoir un mot de ta mère, pour l'entraînement de lundi prochain, sinon le coach te laissera sur le banc. Felix va certainement y rester un long moment, vu qu'il a manqué deux entraînements cette semaine.

Monsieur Iglesias arriva à notre hauteur et nous vit en train de discuter.

— Messieurs, je suis sûr que vous avez mieux à faire que de musarder dans les couloirs et de ralentir la circulation des élèves, lança-t-il avant de se hâter de dire la même chose à un groupe de filles bavardant devant des toilettes. Je fusillai du regard son dos dégingandé tandis qu'il faisait le tour en tant que Super Superviseur du Couloir.

— Non, il a le droit à une absence prolongée, à cause de la crise cardiaque de Jim.

J'arrêtai de fusiller du regard le professeur grincheux d'Histoire américaine qui nous intimait tous d'arrêter de sociabiliser au lycée. N'était-ce pas le but de l'école, de se faire des amis ? Les adultes étaient illogiques.

— C'est qui, Jim ?

Mon exaspération s'atténua pour être remplacée par de l'inquiétude.

— Le père de Felix, répondit Tyler tandis qu'une mèche de cheveux rebelle pendait devant son œil. Il est malade depuis une semaine, maintenant.

— Oh, merde, chuchotai-je en me sentant vraiment mal, à présent.

Pendant des jours, j'avais longuement et vivement

pesté contre Felix parce qu'il ne faisait pas sa part du travail. Bon sang. J'étais un crétin.

— Pourquoi ne m'a-t-il pas contacté ? Pourquoi ne me l'as-tu pas dit ?

Tyler était confus.

— Je ne pensais pas que tu voudrais avoir des nouvelles de Felix.

— On a un projet et il a mon numéro... me défendis-je.

Tyler haussa les épaules.

— Ouais, eh bien, je crois qu'il n'en fait plus partie. Il reçoit ses devoirs en ligne, donc il reste à jour sur les cours. Le coach a dit qu'il pouvait le mettre sur la liste des blessés, s'il devait se priver de hockey plus longtemps, mais je pense qu'il sera de retour la semaine prochaine, probablement. Ils engagent une infirmière, qui restera avec Jim jusqu'à ce qu'il soit rétabli, donc il n'aura pas besoin que Felix reste à la maison pour l'aider.

— Waouh, répétai-je, car je ne trouvais rien d'autre à dire. Bon sang, ça craint. Merci de me l'avoir dit.

— Pas de problème. Merci de prévenir le coach. Mon portable n'a plus de batterie et je devais retrouver ma mère il y a une dizaine de minutes devant le lycée. Heureusement, le trajet jusqu'au Harrisburg Medical Center se fait rapidement, sinon elle péterait une durite.

Nous cognâmes nos poings et Tyler détala comme un lièvre, se déplaçant gracieusement parmi la foule d'élèves alors que je restais planté là à regarder un poster sur le bal d'Halloween à la fin du mois d'octobre. Je m'étais demandé qui j'inviterais à venir avec moi. Désormais, cela semblait assez superficiel à la lumière des nouvelles concernant le père de Felix.

J'avais mal à la tête. Que ferais-je si Jared ou Ten étaient gravement malades ? Milo et moi n'étions leurs fils légitimes que depuis peu, depuis deux ans, mais je les aimais tous les deux. Si l'un d'eux devait être gravement malade ou blessé lors d'un match, je… eh bien, je laisserais tomber tout le reste et resterais à leurs côtés, tout comme Felix l'avait fait. Je regardai un long moment la citrouille souriante, suffisamment pour que Monsieur Iglesias revienne et m'encourage à bouger.

Étrangement, je décidai de passer mon tour et de ne pas aller manger de ramens après l'entraînement pour aller rendre visite à Felix. J'envoyai un bref message à Ten pour lui expliquer qu'il ne fallait pas venir me chercher après nos exercices de la journée. Je prendrais le bus pour aller à l'hôpital, ainsi que pour rentrer. Les transports en commun ne me dérangeaient pas du tout. En grandissant, je les prenais tout le temps ou bien je marchais. Milo et moi n'avions pas de voiture élégante ni un parent aimant qui nous attendait devant l'école, jusqu'à ce que Ten et Jared nous accueillent dans leur maison. Quand Ten m'avait demandé si j'allais bien, je lui avais expliqué la situation. Il m'avait répondu que ce n'était pas grave, qu'il enverrait des fleurs dans la chambre de Jim et qu'il transmettait ses amitiés à Felix et sa famille.

Me concentrer sur le hockey fut difficile. Ma tête ne cessait de m'entraîner dans d'intenses scénarios dramatiques sur mes propres pères. Jared avait un genre de problème au cœur. Ten avait souffert d'une blessure à la tête, lors d'un match, des années plus tôt et les effets de ce saignement cérébral se manifestaient encore avec des migraines paralysantes, à l'occasion. Et si l'un d'eux tombait malade ? Et s'ils mouraient tous les deux ? Ils prenaient constamment l'avion pendant la saison, qui débutait dans quelques semaines. Le stage d'entraînement avait déjà commencé pour les Railers. Que ferions-nous, tous les trois, si leur avion s'écrasait dans les Montagnes Rocheuses ? Qui prendrait soin de nous ? Milo et moi, retournerions-nous dans la rue ? Qui s'occuperait de Lottie ? Pourrais-je la garder avec moi ? Je l'aimais comme ma propre sœur. Vivrions-nous avec mamie et papy ? Ou avec oncle Brady ? Ou oncle Jamie ? Nous sépareraient-ils et nous feraient-ils vivre dans des États différents ? Il était hors de question que ça se produise.

Personne ne m'enlèverait Milo ou Lottie.

Je me sacrifierais pour ça.

Mon esprit était embrouillé. Le coach ne fut nullement impressionné par ma performance lors de nos exercices et il me demanda de me reconcentrer sur le jeu. J'essayais, honnêtement. Le trajet en bus jusqu'à l'immense centre médical installé sur les rives du fleuve Susquehanna ne m'aida pas franchement à apaiser mes inquiétudes concernant mes parents. Franchissant les portes principales d'un pas feutré, je m'arrêtai ensuite pour prendre un masque et entrai enfin dans le grand bâtiment. Je marquai une pause à l'accueil pour qu'on m'indique les soins intensifs cardiovasculaires et on m'informa catégoriquement que je n'aurais pas le droit de voir le patient si je n'étais pas un membre de sa famille. Ce qui n'était pas grave. Je passai brièvement à la boutique cadeau et récupérai un bouquet de fleurs pour Jim ainsi qu'un pélican en peluche pour Felix. J'ignorais ce que je trouvais à cet oiseau ringard, dont le bec était rempli de petits bonbons d'une chocolaterie voisine, mais quelque chose chez lui me parlait.

Sortant au cinquième étage, je tombai nez à nez avec le

bureau des infirmières. Quand je demandai des nouvelles de James Maxwell-Sinclair, on me dit qu'il était dans un état stable, mais je n'appris rien d'autre de la femme en blanc aux cheveux noirs.

— Je vais prévenir la famille que vous êtes là. Vous pouvez patienter dans l'une de nos salles d'attente.

— Cool, je serai là.

Je fis un signe du pouce vers une salle ensoleillée, avec des fauteuils gris et bleus. Elle hocha la tête et se reconcentra sur sa paperasse. J'avançai vers la salle et laissai tomber mon sac à dos sur un canapé gris avant d'aller me chercher quelque chose aux distributeurs collés contre le mur opposé. Après avoir acheté un soda au raisin et un sachet de chips, je m'installai avec mon portable. L'attente ne fut pas trop longue. Je levai les yeux et vis Felix dans l'embrasure de la porte, en train de me dévisager comme si j'étais une petite capsule de poussière étrange flottant dans la lumière des rayons du soleil filtrant par les doubles fenêtres, avec les autres particules.

— Les infirmières m'ont prévenu que tu étais là, dit Felix.

Ses yeux d'un bleu brillant étaient ternis par l'inquiétude et le manque de sommeil. Il avait des cernes noirs sous ses yeux habituellement vifs et saphir.

— Mais qu'est-ce que tu fous là ?

— Je viens juste d'apprendre pour ton père.

Je me levai et fis de mon mieux pour ignorer les miettes de chips à la crème et à l'ail tombant de mon T-shirt. Felix les remarqua, bien sûr. J'époussetai donc mon ventre. Il observa aussi ce mouvement avant de prendre un air encore plus furieux.

— Mes pères ont envoyé des fleurs.

— Oui, on vient juste de les recevoir.

Il demeura dans l'entrée, méfiant, comme s'il était sur le point de pénétrer dans l'antre d'un lion.

— Elles sont belles.

— Tant mieux. J'ai rapporté ça, pour lui.

Je récupérai les fleurs et lui tendis le bouquet.

— Et ça, c'est pour toi.

Je lui donnai également le pélican. Il scruta le petit oiseau en peluche comme s'il était rempli d'explosifs.

— Il m'a fait penser à toi, curieusement.

— Merci ?

Il fit enfin un pas dans la salle d'attente pour saisir les fleurs et le pélican.

— Oui, je crois que son grand bec rempli de nourriture m'a fait penser à toi, quand nous étions dans ce restaurant de ramens et que tes joues étaient remplies de nouilles.

Felix grimaça, mais sans son air narquois habituel.

— Bref, je suis désolé, pour ton père. Est-ce qu'il va bien ? Tyler a dit qu'ils lui avaient posé un pacemaker ?

— Oui. Non. Il va bien.

Il avança vers la fenêtre et baissa les yeux vers le fleuve qui s'écoulait lentement, les fleurs et le pélican collés contre son torse.

— C'est une procédure assez simple, de nos jours. Ils l'ont stabilisé pour qu'il puisse rentrer à la maison, demain.

J'avançai d'un pas léger pour venir me placer à ses côtés et mon regard se riva également sur le fleuve.

— C'est génial.

— Ouais.

Il soupira et son poing se resserra autour des fleurs et

du pélican. Les tiges des marguerites étaient étranglées et le pauvre oiseau vomissait ses friandises au chocolat.

— C'était… il a failli mourir devant moi.

J'ignorais totalement ce que je pouvais répondre à ça. Je restai donc muet et tendis la main pour caresser son biceps. Son bras était ferme, sous le T-shirt gris et froissé des Railers. Le muscle se contracta sous ma main, puis, imperceptiblement, il commença à se détendre tandis que la mâchoire de Felix tremblotait.

— Felix ?

Il frissonna.

— On se disputait. Il essayait d'être cool, tu vois ?

Je hochai la tête, car oui, je comprenais. Les pères essayaient d'être cool. Parfois, cela fonctionnait et d'autres fois, comme lorsque Jared avait chanté et twerké sur une chanson de Megan Thee Stallion à la fête d'anniversaire de Milo cet été, ils échouaient follement. Je vis le tsunami d'émotions s'emparer de Felix et je fus incapable de faire quoi que ce soit, mis à part lui caresser le bras un peu plus fort, alors que la pression de ces derniers jours l'écrasait.

— Je me comportais comme un salaud, haleta-t-il.

Le pélican perdit tous ses bonbons et les fleurs tombèrent sur le côté, leurs tiges écrasées.

— Je lui criais dessus. Je… Je lui ai dit que je le détestais.

Les larmes coulèrent alors, malgré ses efforts pour les retenir. Elles ruisselèrent sur ses joues négligées, humidifiant sa barbe dorée irrégulière.

— Tu ne le pensais pas, lui assurai-je en passant un bras autour de ses épaules.

Les sanglots le secouèrent violemment. Je l'attirai contre mon torse et cette étreinte de biais fut maladroite, mais ce fut suffisant pour qu'il puisse au moins poser son visage contre mon épaule. Quelqu'un passa devant la porte ouverte et les chaussures à semelle en caoutchouc couinèrent sur les carreaux tout juste lavés.

— Il aurait pu mourir et ça aurait été les derniers mots que je lui aurais dits. C'est tordu, non ? haleta-t-il.

Un médecin fut appelé par les haut-parleurs, ce qui remplaça le flot de rock des années soixante-dix pendant un instant. Je serrai Felix contre moi, incapable de formuler des mots qui l'aideraient à passer outre sa culpabilité. Je connaissais ce fardeau. J'avais dit des choses assez minables à Ten et Jared quand nous nous étions rencontrés la première fois et que nous prenions nos repères les uns avec les autres. Je ne faisais confiance à aucune personne de plus de trente ans et ce n'était pas sans raison. Tous les adultes que j'avais connus nous avaient laissé tomber, Milo et moi. Bien sûr, j'aurais aimé retirer toutes ces paroles horribles, à présent, mais les discours prononcés sous le coup de la colère ne pouvaient jamais être effacés.

— On balance tous des conneries quand on est en colère ou quand on a peur, réussis-je enfin à dire en espérant ne pas avoir l'air bête ou banal. Il sait que tu l'aimes.

Il renifla d'une manière qui manqua franchement de dignité. Ce bruit était bien trop indigne pour Felix Maxwell-Sinclair, d'ordinaire. Il leva la tête de mon épaule et me regarda avec ses yeux bordés de rouge et emplis d'une telle douleur que j'en eus des crampes au ventre.

— Je l'aime, chuchota-t-il péniblement alors que ses cils étaient chargés de larmes. Mais je déteste toutes ces disputes. Tu sais, maman n'est même pas là.

— Elle est partie chercher quelque chose ?

— Elle n'est jamais venue.

Ça n'avait pas l'air terrible. Je hochai la tête, comme si je savais de quelles disputes il parlait. À vrai dire, j'ignorais totalement ce qu'il se passait chez lui. Il n'était pas franchement le mec le plus ouvert du monde, mais si je devais deviner, je dirais qu'il parlait probablement de ses parents.

— Ça craint, quand tes parents se disputent, tentai-je.

Il me lança un regard confus et larmoyant.

— Ten et Jared le font, parfois, surtout à cause de broutilles, comme l'un qui n'a pas remis le bouchon sur le dentifrice ou l'autre qui n'a pas ramassé ses chaussettes. Des conneries de ce genre. Quand Milo et moi étions encore dans le système, on a vécu avec un couple qui s'engueulait constamment. Leurs disputes étaient bruyantes et violentes. Ils lançaient des trucs. Ils frappaient des murs. Milo et moi, on se cachait dans le placard de notre chambre. Il restait dans mes bras jusqu'à ce que le calme revienne dans la maison, puis on sortait et on allait se mettre au lit. Mon petit frère a dormi avec moi pendant les deux années complètes qu'on a passées chez eux et même maintenant, si Ten et Jared se disputent, il vient me voir.

Felix pencha la tête, essuya son visage avec le dos de sa main qui tenait le bouquet écrasé, et me donna un coup dans le nez avec une tulipe flétrie. Curieusement, cela le fit rire. Je veux dire, éclater de rire, comme si l'humoriste le plus drôle du monde venait de raconter la meilleure blague jamais entendue. Il riait tant que je dus le retenir. Ça, c'était un ascenseur émotionnel.

Nous finîmes par nous asseoir sur le canapé. Il haletait

et moi, je me moquais de ses éclats de rire. Je ne l'avais jamais entendu rire, par le passé. Il avait un rire puissant. Il devrait vraiment le laisser échapper plus souvent, cela rendait son visage éclatant et lumineux.

— Je crois que je perds les pédales, dit-il en toussant et en reprenant lentement sa respiration.

— Ça fait une semaine, dis-je obligeamment.

Il hocha vigoureusement la tête.

— Tu veux un soda ?

— Oui, s'il te plaît. Merci.

Il s'assit sur le canapé à cause de ses genoux cotonneux et posa les fleurs sur la table en verre, à côté d'une pile de magazines. Il s'agrippa au pélican et cela me réconforta. Je lui achetai une canette fraîche de soda et la lui passai avant de récupérer les bonbons emballés d'un papier argenté qui étaient éparpillés sur le sol. Lorsque je m'assis, j'en ouvris un et le lui tendis.

— Milo dit que ce qu'il y a de mieux pour arrêter de pleurer, c'est le chocolat, annonçai-je en déposant la petite goûte de délice dans la paume tremblante de Felix.

— Il est trop sage pour son âge, répondit-il avant de mettre la friandise dans sa bouche.

Nous restâmes assis en silence quelques minutes, alors que je le laissais boire du soda et manger du chocolat.

— Merci d'être passé. Tu es la seule personne du lycée, autre que Tyler, qui a fait cet effort et il était là avec sa mère pour voir mon père, pas pour moi.

— Eh bien, pour être honnête, personne ne le savait à part Tyler.

Je jetai un emballage argenté roulé en boule dans la poubelle.

— La classe, me congratulai-je.

— Miles et Jonah sont au courant, répondit-il d'une petite voix. Je leur ai envoyé un message.

— Oh.

Je tentai de ne pas être blessé à l'idée qu'il ne m'ait pas appelé ni envoyé de SMS, particulièrement après ces baisers et cet espoir que, peut-être, nous avions entamé quelque chose. Je chassai ensuite cette pensée, ce n'était pas le moment de me sentir blessé, mais plutôt d'être présent pour Felix. Je lui tendis un autre bonbon.

— Miles et Jonah sont des connards, tu le sais, non ? Enfin, Miles en est un, en tout cas, Jonah est juste… Jonah.

Il soupira, méfiant.

— Ouais, je sais. Je crois que j'en suis un aussi.

— Ouais, tu es carrément un trouduc.

Je lui donnai un coup de coude dans les côtes et lui passai une friandise chocolatée.

— Pour en reconnaître un, il faut en être un soi-même, répliqua-t-il avec un sourire tremblant.

Le monde sembla un peu plus ensoleillé. Ou peut-être que je faisais simplement une overdose de picotements, en constatant que sa cuisse était à côté de la mienne et que son petit sourire narquois s'était dessiné.

Ouais, c'était probablement cette deuxième option.

Carrément cette deuxième option.

Chapter Seize

Felix

LE PREMIER JOUR DE MON RETOUR AU LYCÉE ME FIT OUVRIR LES yeux. Miles et Jonah n'étaient pas en train d'attendre à leur place habituelle, sous un arbre, près du dépose-minute, mais c'était sûrement parce qu'ils n'avaient pas été mis au courant de mon retour. Enfin, je leur avais envoyé un message hier soir, mais ils n'avaient jamais répondu alors j'avais supposé qu'ils n'avaient pas lu le SMS.

Ou bien ils ne voulaient pas le savoir, ce qui était plus probable.

À leur place, un peu plus loin, se trouvait Soren avec un pied contre le mur derrière lui tandis qu'il observait le ciel bleu. Je ne *lui* avais pas dit que je revenais aujourd'hui et l'idée même qu'il m'ait attendu ici était insensée. Il devait certainement attendre Tyler, Courtney ou l'une des autres personnes de son groupe d'amis. Je relevai donc le menton et enroulai autour de moi ma cape d'invisibilité. Je passai devant lui et tentai désespérément de ne pas penser aux baisers doux et sucrés, à la manière dont il m'avait dévisagé quand nos lèvres s'étaient rencontrées ou encore à la confusion que je ressentais à propos de tout ça.

— Salut, me dit-il en trottinant depuis l'endroit où il attendait pour venir se placer à mes côtés.

Il me donna ensuite un coup de coude.

— Salut, répondis-je ensuite avant de lui jeter un coup d'œil en biais. Quoi de neuf ?

Je n'arrivais pas à croire qu'il ait attendu *mon* arrivée, ce matin. Il souhaitait probablement discuter du projet, car nous étions certainement à la bourre, maintenant, et que j'avais ignoré tous ses messages. Je les avais ignorés, car chaque fois que je voyais son nom, je me sentais troublé, excité, foutu et étrange. Ce n'était pas agréable, comme émotion. Enfin, si, l'excitation était agréable.

— C'est toujours difficile de revenir en cours après une absence. J'ai pensé que tu aimerais avoir de la compagnie, c'est tout, me dit Soren tandis que nous rejoignions la courte file vers les portiques de sécurité en acier inoxydable qui dénotaient avec les vieilles pierres du bâtiment principal.

Il se mit face à moi et sa main effleura la mienne. L'espace d'un bref instant étincelant, je crus que nous allions nous tenir la main, ou alors qu'il allait se pencher et m'embrasser, mais il recula hors de ma portée. Message reçu : pas de preuves d'affection et pas d'aveu de l'accident lors duquel nos lèvres s'étaient rencontrées. Peut-être que le baiser n'avait eu aucun autre but que de nous amuser et nous n'allions certainement pas reconnaître en public que c'était arrivé.

— Je n'ai pas besoin de compagnie.

Mon mécanisme de défense habituel s'était mis en

place sans que je fournisse un quelconque effort. Je ne pouvais m'autoriser à avoir besoin de quoi que ce soit, c'était le seul moyen de n'être jamais déçu. C'était simple.

— Ça, c'est dur. Tu gères, dit Soren de ce ton exaspérant qui signifiait qu'il se fichait de savoir ce que je pensais.

Nous passâmes sous les portiques avant de tourner à droite, vers l'auditorium. Avant que nous atteignions les casiers, il m'attira sur la gauche, dans un couloir, puis tourna encore une fois et entra dans des toilettes. Je ne savais même pas que ces cabinets existaient. Je vis ensuite qu'elles étaient faites pour les *visiteurs* et n'étaient donc pas du tout réservées aux élèves. J'aurais pu rechigner à l'idée de me faire traîner ici, mais Soren tenait ses positions et la part de moi qui se souvenait du baiser avait envie d'entendre ce qu'il avait à dire, ne serait-ce que pour arracher le pansement, car c'était certainement le moment où il m'annoncerait que ce que nous avions fait était stupide, que je ne lui plaisais pas et que chacun de ses baisers avait été un mensonge. Hashtag inévitable.

Il ferma la porte et j'aperçus alors pour la première fois les toilettes des visiteurs. Il y avait de douces serviettes, un unique cabinet et le plus grand miroir que j'avais vu à l'école. Il y avait également trois pots de crème hydratante – non pas des flacons avec des pompes, mais des pots – et des savons assortis sur un porte-savon. Tout cet endroit sentait si bon, comme de la lavande.

— Personne ne vient ici, dit Soren avant de récupérer un savon et de le jeter en l'air.

— À moins qu'il y ait des visiteurs, lançai-je impassiblement.

Il haussa les épaules.

— Dans ce cas, on leur dira qu'on est désolé et on partira en courant. Que peuvent-ils faire ?

— Les visiteurs ?

— Eux et l'école.

— Je n'en sais rien.

De quoi discutions-nous, franchement ?

— Première infraction, annonça Soren avant de s'appuyer contre le meuble sur lequel étaient incrustés deux lavabos avec des robinets élégants.

D'après l'allure des murs, cet endroit devait faire partie de l'une des extensions à l'avant du bâtiment, celles dans lesquelles tout était caché derrière la façade de briques recouvertes de lierre vert foncé.

— On est protégés, ici, ajouta-t-il.

— Protégé de quoi ?

— Des questions, de ceux qui tabassent les autres, ce genre de choses.

Il soutint mon regard.

— C'est Tyler qui me l'a montré.

Je jure que je sentis une chaleur me brûler de l'intérieur. J'étais probablement écarlate à cause de la honte. Il parlait de *moi*, des choses que *j'avais fait* subir à notre coéquipier. De quoi s'agissait-il ? Du jugement dernier ? Les baisers m'avaient bercé pour que je croie qu'il était quelqu'un de bien et désormais, il allait me frapper et m'abandonner dans ces toilettes ? Je reculai, mais il m'attrapa la main et m'attira vers lui.

— Ne fais pas cette tête-là, me chuchota-t-il.

— Quelle tête ?

— Tu as peur. Ce n'était que des baisers. Ils n'étaient pas nécessairement significatifs.

La déception me submergea et s'installa sur ma poitrine, lourde comme un roc.

— Oh, d'accord.

Je tentai de libérer ma main, mais il la tint.

— Je veux dire que ça n'était pas nécessairement mauvais, ça pourrait être bien, tu sais.

Mon cœur s'emplit d'un espoir idiot.

— Je n'ai pas tous les mots que tu pourrais avoir besoin d'entendre. Je n'ai pas l'éducation bourgeoise ni les manières. Je suis seulement moi, le mec qui fait attention à son petit frère, celui qui veut réussir au lycée et en ressortir sans échouer. Je sais juste que…

Il posa un doigt sous mon menton afin de relever mon visage et je réalisai que, d'une manière ou d'une autre, j'avais arrêté de le regarder. Il glissa ensuite sa main vers le haut afin de la poser sur ma joue et ce fut le plus doux des contacts, bien qu'il paraisse également solide, comme s'il pouvait me tenir et me protéger.

Me protéger ? De quoi ? De mes parents ? D'un déménagement dans une nouvelle maison ? De l'école ? Du hockey ?

Ou peut-être qu'il pouvait me protéger de moi-même.

J'appuyai ma joue contre sa main, me perdant dans la chaleur de ses yeux sombres, me moquant de savoir que nous étions à l'école, que nous étions dans des toilettes où nous n'avions pas le droit d'aller et que nous serions en retard en cours.

— Felix ? demanda-t-il en se penchant vers moi.

Je tendis la main et couvris la sienne. Nous nous lançâmes alors lentement dans un autre baiser, une douce pression de nos lèvres qui ressemblait à celle que nous avions partagée dans sa chambre. Que faisais-je ? Est-ce que j'embrassais bien ? Je n'avais jamais embrassé de garçons, avant Soren, mais je m'étais entraîné sur ma main. Était-ce dégueu ? Étais-je dégueu ? Comment pourrait-il…

Le bout de sa langue traça le contour de mes lèvres et appuya sur le sillon. Soupirant, j'ouvris légèrement la bouche pour qu'il puisse s'insinuer à l'intérieur et me goûter – afin que je puisse aussi le goûter. J'avais si peur. Et si je m'y prenais mal ? Et si tout ce que j'avais lu sur la douceur et l'exploration devait plutôt se traduire par des coups de langue ardents, et que j'étais en train de tout foirer ? Il leva son autre main pour prendre mon visage en coupe et je gémis d'une voix grave pendant le baiser, telle une supplication chuchotée qu'il étouffa en m'embrassant. Je l'entendis glousser, mais sa voix était rauque et aisée. Il m'inclina ensuite la tête et recula.

— Ça te va ? me demanda-t-il.

— Oui. Mais…

— Mais quoi ?

J'étais mortifié.

— Est-ce que je m'y prends bien ?

— Je veux encore t'embrasser. Je peux ?

Il me demandait la permission et, à cet instant, je voulais tout. Embrasser Soren signifiait que je n'avais pas à penser à tout ce qu'il se passait en dehors de cette pièce. L'embrasser était torride et émouvant. Toute cette émotion me noua la gorge et j'acquiesçai.

Souriant, il m'embrassa une fois encore et cette fois-ci, je tombai dans ce baiser avec impatience. Pour la première fois, ma langue rencontra la sienne – s'emmêlant paresseusement et lentement pour le goûter, le toucher. Je bandais tant et j'étais perdu dans la perfection absolue de ce moment. Depuis ce jour, à l'hôpital, quand j'avais pleuré sur son épaule, j'avais eu l'impression que toutes mes émotions étaient trop proches de la surface, au point où je craignais qu'elles se déversent à nouveau, mais ce baiser était *tout* et je me moquais que les larmes me montent aux yeux ou que je sois si excité que je pourrais jouir ici et maintenant dans mon pantalon. Soren m'attira encore plus vers lui et approfondit le baiser. Je fus perdu.

Nous ne nous séparâmes que lorsque la cloche du premier cours retentit.

— Tu viens avec nous après l'entraînement ? me demanda-t-il d'une petite voix en remontant la bretelle de mon sac à dos sur mon épaule.

— Les autres voudront bien que je vienne ?

— Bien sûr.

Il pourrait être en train de mentir, mais je m'en moquai, car il déposa un dernier baiser sur mes lèvres. Et oui, ne m'en voulez pas, mais j'en cherchai encore davantage, même si je savais que nous devions partir. J'avais sans doute une certaine marge de manœuvre, comme c'était mon premier jour, mais Soren n'aurait aucune dispense. Il passa un moment à arranger sa tenue pour dissimuler son excitation semblable à la mienne. Il tira sur sa veste avant de me sourire.

— Oh oh.

Je dissimulai mon érection du mieux possible, puis il me fit sortir des toilettes en restant près de moi. Cette fois-ci, quand nos mains se touchèrent, il entrelaça brièvement nos doigts et les serra. Mon premier cours était celui de chimie et j'avais loupé un tas de leçons à ce niveau plus élevé. Néanmoins, maintenu à flot par les baisers, j'entrai dans la salle de classe en souriant, sachant que je pourrais gérer n'importe quoi, aujourd'hui. Lors du prochain cours, j'étais avec Soren et si ça, ça ne me faisait pas sourire, rien ne le pourrait.

Toutefois, Miles me regarda d'un air renfrogné dans le couloir, avant de me dévisager en cours de maths, puis de me suivre pendant la première pause alors que je fouillais dans mon casier pour trouver mes notes sur le cours d'anglais. Miles saisit ma veste et me traîna jusqu'aux toilettes pour hommes les plus proches, qui empestaient et étaient beaucoup moins élégantes que celles que j'avais visitées ce matin. Il ouvrit chacune des quatre portes, puis chassa un élève de première année en lui lançant un regard noir quand il osa entrer. Je n'aimai pas l'air effrayé sur le visage de ce gamin. Bon sang, ce n'était pas rien. Ça n'avait jamais eu d'importance pour moi, auparavant.

— Qu'y a-t-il ? demandai-je à Miles.

Je criai quand il me poussa contre le lavabo et m'y coinça en empoignant fermement mes bras.

— En fait, ton père n'est rien ! hurla-t-il devant mon visage en me poussant encore plus fort pour que le lavabo s'enfonce dans ma cuisse. En fait, il n'est plus rien. Maintenant que ma mère a été licenciée, je n'ai plus besoin de faire comme si j'avais envie de te fréquenter.

— Miles…

— Toutes ces fois où tu m'as donné l'impression d'être un moins que rien, uniquement parce que ma mère travaillait pour ton père et que ça voulait dire que tu valais mieux que moi. Maintenant, il l'a licenciée et on est foutu. Le seul bon côté des choses, dans cette histoire, c'est que je vais pouvoir te laisser en sang dans ces toilettes.

Une peur sincère surgit en moi. Miles était grand et secondeur au football américain. Il était plus musclé et beaucoup plus grand que moi, même maintenant qu'il m'avait soulevé au-dessus du sol.

— Je suis désolé, je n'étais pas au courant pour ta mère…

Il me secoua comme une poupée de chiffons avant de me rejeter si fort que je titubai et tombai à genoux, heurtant ma tête contre le bord du lavabo. Je ne luttai même pas pour me relever. Je méritais ce qu'il me balançait, car la peur et la douleur étaient comme une manière de compenser mon comportement avec Tyler et la façon dont j'avais fait comme si je valais mieux que tout le monde, ici.

— Je suis désolé, répétai-je en attendant le coup de pied ou de poing.

Rien ne se produisit. J'entendis alors la porte claquer et quand je levai les yeux, Miles était parti. Je me relevai à l'aide du lavabo, appuyant sur ma tempe, là où elle était entrée en contact avec la porcelaine, et heureusement, mes cheveux couvraient la bosse flagrante. J'ajustai ma cravate et ma veste, puis déglutis quand je vis un tout petit gamin idiot en train de me regarder béatement.

Était-ce ce que Tyler ressentait ? Était-il effrayé, attristé ? Pas étonnant qu'il me déteste. Je me détestais.

Je sortis des toilettes, descendis et regardai par toutes les fenêtres que je pouvais trouver, sachant que Tyler devait être quelque part dans le bâtiment des sciences. Il fallait que je le trouve le plus vite possible. Je le vis dans la dernière pièce sur la gauche, penché au-dessus d'un carnet de notes et en train de griffonner rapidement. Je pris une profonde inspiration et frappai à la porte avant de passer ma tête à l'intérieur. Madame James, la responsable du département de physique se tourna en fronçant les sourcils. Néanmoins, son renfrognement s'estompa quand elle me vit. J'étais certain qu'une note avait probablement circulé pour expliquer aux professeurs que c'était mon premier jour après mon absence.

— Oui, Felix ? demanda-t-elle après un instant.

— J'ai besoin de Tyler, dis-je en le montrant du doigt au cas où il y aurait une quelconque confusion. Je veux dire, le principal a demandé à voir Tyler.

Celui-ci écarquilla les yeux et mit ses notes dans son sac avant de me rejoindre en un instant, l'air effrayé. Merde, je n'avais pas voulu l'inquiéter. Nous fermâmes la porte de la salle de classe et il commença immédiatement à me poser des questions.

— C'est ma mère ? Non ! Il est revenu ?

— Je suis désolé, l'interrompis-je.

Il cligna des yeux en me regardant.

— Quoi ? C'est ma mère ?

— Non. Ta mère va bien… Non, c'est moi. Je suis vraiment désolé pour ce que je t'ai fait, de t'avoir effrayé. Je suis désolé.

Nous étions au milieu du couloir et il m'observait comme si j'avais des cornes sur la tête.

— Tu… J'étais en cours… et tu…

Il m'asséna un coup au niveau du torse.

— Tu m'as fait peur, enfoiré, marmonna-t-il.

— Désolé.

Il me scruta alors de près.

— Attends.

Il écarta sa frange rose pâle de son front et posa les mains sur ses hanches.

— Que j'attende quoi ? demandai-je prudemment.

— Donc, tu es désolé de m'avoir fait peur en me

traînant hors de la classe pour m'annoncer que tu étais désolé de m'avoir fait peur par le passé.

Je digérai sa question.

— Plus ou moins, oui.

Il leva les yeux au ciel avant de faire un geste du pouce vers la salle de classe derrière lui.

— Je peux y retourner, maintenant ?

— Attends, dis-je quand il commença à se retourner. C'est quoi cette histoire avec ta mère ?

Il secoua la tête, muet, avant de soupirer.

— Rien.

J'eus envie d'insister pour qu'il m'en dise plus, mais il ne m'offrit rien, et pour l'instant, je me sentais bêtement gêné.

— Je suis désolé, d'accord ?

Il plissa les yeux, mais me sourit ensuite et cela se refléta dans ses yeux soulignés de kohl.

— Bien sûr.

Soudain, il était vital que je voie toute la situation en noir et blanc. Je ne m'étais pas attendu à ce qu'il me pardonne, mais je voulais au moins commencer à arranger les choses avec lui, pour qu'il me fasse désormais confiance.

— Alors, on est cool ?

Il haussa les épaules.

— On le sera peut-être, un jour.

Je méritais cette méfiance.

— Je suis désolé.

Il acquiesça.

— Je sais, dit-il avant de poser une main sur mon bras et de murmurer. Nous faisons tous ce qu'il faut pour survivre au lycée. C'est bon.

Il retourna dans sa salle de cours et je restai planté là quelques instants jusqu'à ce qu'une main se pose sur mon épaule.

— Que fais-tu dans le couloir ? demanda une voix.

Monsieur Iglesias.

J'affichai mon air le plus pathétique sur mon visage et me tournai vers lui.

— Je suis submergé par les émotions chuchotai-je.

Il recula immédiatement, comme s'il s'attendait à ce que je pleure alors que je n'avais qu'une envie : sourire.

— D'accord. Bien sûr. Tu as besoin de voir quelqu'un ?

Je clignai des yeux.

— Il faut juste que vous m'accompagniez à mon prochain cours et, vous savez…

Je haussai les épaules.

— Que vous expliquiez ça au prof.

— Bien, dit-il.

Il tenta de me sourire pour me soutenir, mais on aurait vraiment dit qu'il avait des gaz.

Chapter Dix-Sept

Soren

JE N'ÉTAIS PAS SÛR QUE LA VIE PUISSE ÊTRE ENCORE meilleure.

Sans rire. L'unique pépin dans mon existence, actuellement, était que Felix et moi dissimulions notre relation. Ça craignait de se faire discret, je n'allais pas mentir. Que ferions-nous quand le projet du magazine serait terminé et que nous ne pourrions plus nous rabattre sur l'excuse des études ? Cela m'inquiétait. Je n'avais pas envie de lui mettre la pression pour qu'il fasse son coming-out. Ce n'était pas à moi de faire ça. Nous devions progresser à notre propre rythme, mais je ne cessais de voir ces posters pour le bal d'Halloween qui étaient visiblement accrochés sur chaque mur de l'Académie Chesterford.

Comme j'étais un véritable emmerdeur, je voulais demander à Felix de m'y accompagner. Je n'arrivais même pas à envisager d'inviter quelqu'un d'autre, pas maintenant que je savais comme son goût était bon, comme il était plaisant dans mes bras, comme nous nous correspondions. Tout le reste du corps étudiant était bien pâle, en comparaison.

Nous venions tout juste d'avoir l'un de nos rendez-vous précipités dans le laboratoire de biologie, trente minutes plus tôt. On aurait pu croire que l'odeur du formaldéhyde allait freiner notre désir, mais non. Nous étions toujours incroyablement excités en nous embrassant, bien que des grenouilles mortes dans leur contenant nous regardent.

Ce qui était la raison pour laquelle j'envisageais encore l'idée d'y aller seul, quelques jours seulement avant le bal. C'était aussi pour cela que je me cachais dans la bibliothèque avec mon manuel du Code de la route. Quelques filles m'avaient reluqué pendant le déjeuner. J'imagine qu'il ne restait plus grand monde à choisir et qu'elles étaient désespérées. J'avais remarqué ces regards insistants et je m'étais donc enfui dans le coin le plus sombre de la bibliothèque pour étudier.

J'avais bien potassé ce manuel depuis mon anniversaire et la petite fête familiale que nous avions organisée la dernière fois que mes pères étaient à la maison. Je n'avais pas voulu grand-chose. J'avais l'impression que c'était une immense perte d'argent de dépenser des tas de dollars pour me préparer une fête. Milo et Lottie? Bien sûr, ce n'était que des enfants. Je n'en étais plus un. Plus maintenant. Un anniversaire était un jour comme un autre. C'était une chose que j'avais apprise en étant dans le système. J'avais vécu au moins trois anniversaires lors desquels personne ne m'avait rien souhaité. Ten et Jared s'étaient d'abord rebiffés, mais ils avaient finalement cédé.

Je les soupçonnais donc de prévoir quelque chose de grand pour ce week-end. J'ignorais ce qu'il se passait, mais ils avaient été franchement évasifs, ces derniers jours.

Quelqu'un me tapota l'épaule. Je laissai ma tête retomber en arrière et trouvai Courtney, debout derrière moi, terriblement mignonne avec son pull rose bubblegum. Ses cheveux étaient attachés dans une dizaine de queues de cheval excentriques.

— Salut, dis-je quand elle s'installa sur la chaise à côté de moi et que son sac à dos fut posé lourdement sur la table. Tu savais que conduire trop vite pour les conditions météorologiques, c'est la première cause d'accidents pour les conducteurs de seize et dix-sept ans ? C'est ce qu'ils disent ici.

Je tapotai l'écran de ma tablette.

— Mes pères me tueraient si j'avais un accident avec l'une de leurs voitures ou que je me prenais une amende pour excès de vitesse.

— Ils ne sont pas les seuls à vouloir te tuer, répliqua-t-elle.

Choqué, je clignai des yeux et baissai ma tablette, le PDF du Code de la route de Pennsylvanie venant se poser sur mes genoux.

— Mais qu'est-ce qu'il se passe entre Felix et toi ?

Oh merde.

— Rien, mentis-je.

Cette malhonnêteté eut un goût follement amer.

— Ne me mens pas, cracha-t-elle.

Plusieurs élèves assis sur les tables alentour lui dirent de se taire.

— Je vous ai vus aller tous les deux dans le labo de madame Montgomery quand je sortais de mon cours sur l'écologie. Vous vous teniez la main et vous vous chuchotiez à l'oreille quand vous êtes entrés.

Merde. Merde. Merde. Je regardai cette femme au visage ridé sur le tableau au-dessus de la cheminée. Elle semblait encore plus grincheuse.

— Je peux t'expliquer, chuchotai-je en lançant un regard inquiet aux autres élèves.

Il ne faudrait qu'un chuchotement pour révéler l'homosexualité de Felix. Je ne voulais pas avoir cela sur la conscience.

— J'espère bien, parce que quand j'ai jeté un coup d'œil par la petite fenêtre sur la porte, vous étiez en train d'essayer de dévorer le visage de l'autre.

Elle croisa les bras et son expression devint tempétueuse.

— Pourquoi tu l'embrasses !?

— Tu veux bien parler plus bas ? rétorquai-je avant de me lever. Viens avec moi.

Je rangeai ma tablette dans mon sac à dos avant de quitter la bibliothèque, Courtney piétinant dans mon sillage. Il était merveilleux d'entendre le bruit que faisaient ses pieds minuscules dans ces petites chaussures en cuir verni. Nous surgîmes par les portes et rejoignîmes l'air automnal. Des nuages gris étaient bas dans le ciel, des feuilles mortes dansaient sur les trottoirs et l'air était envahi de ce picotement automnal.

Je marchai rapidement, mon esprit tourbillonnant, jusqu'à ce que nous arrivions à hauteur de la statue d'un vieux mec qui avait été l'un des plus grands donateurs de l'école, à la fin des années quarante. Silas quelque chose. Ce n'était pas important, pour le moment.

Courtney s'installa à la base de la statue.

— Alors ?

— D'accord, alors voilà ce qu'il se passe.

J'observai le campus. Des étudiants fourmillaient dans leurs coupe-vent, leurs pulls à capuche et leurs vestes bien fermées. Je tentai de choisir mes mots prudemment, car c'était important.

— On se fréquente plus ou moins.

Elle haussa un sourcil.

— On aurait dit que vous étiez plus que des potes qui passent du temps ensemble. On aurait dit que vous étiez bien plus que ça. Vous couchez ensemble ?

— Quoi ? Non, on ne couche pas ensemble.

C'était vrai. Nous n'étions pas allés plus loin que des baisers passionnés et des caresses. Rien de plus que ça. Felix n'était pas prêt et j'étais compréhensif. Je ne l'avais jamais fait non plus, alors j'étais ravi d'attendre. Je voulais que ce soit spécial, entre nous.

— On ne couche pas du tout ensemble, simplement on…

Je pataugeais.

— Felix est un crétin. Un sale crétin homophobe. Tu le détestais il y a deux mois et maintenant, lui et toi, vous êtes à fond l'un sur l'autre ? Qu'est-ce que j'ai loupé ?

Elle ne cédait pas et je ne le lui reprochais pas.

— Je suis censée être ta meilleure amie !

Ses yeux devinrent embués.

Merde.

— Court, honnêtement, si j'avais pu te le dire, je l'aurais fait.

Je pris une longue inspiration, la retins alors qu'une dizaine de feuilles séchées tournoyaient autour de mes baskets, puis expirai.

— Voilà, donc il y a des choses que tu ne sais pas.

— Sans déconner !

Elle essuya une larme qui coulait sur sa joue. Bon sang, j'étais une personne horrible.

— Felix n'a pas encore fait son coming-out.

Cette phrase m'avait plus ou moins échappé. J'ignorais quoi dire ou quoi faire. Elle écarquilla les yeux.

— Tout est confus, pour lui, mais il aime les mecs.

— Oui, c'est assez évident quand on voit la manière dont il essayait d'avaler ta langue.

Une partie de la colère sur son visage s'atténua. Je posai mes fesses sur le socle de Silas alors qu'elle commençait à décomposer ce que je venais de lui avouer.

— D'accord, dit-elle en s'asseyant à côté de moi.

Nos fesses étaient posées sur le ciment froid et nos pieds nous soutenaient. Nos mains étaient coincées sous nos aisselles alors que le vent devenait de plus en plus mordant chaque minute.

— J'ai besoin de toute l'histoire.

J'ouvris la bouche. Elle leva une main.

— Non, ne dis rien. Je sais que c'est un secret, comme il n'a pas fait son coming-out. Tu sais que je suis muette comme une tombe.

Je le savais. Certains des secrets que nous avions partagés, depuis que j'étais arrivé ici, auraient été fatals pour notre vie sociale s'ils avaient été révélés.

— C'est juste... qu'il a toujours agi de façon si haineuse, envers Tyler.

C'était là que l'explication devenait complexe. Je fis de mon mieux pour raconter comment Felix et moi étions devenus si proches, sans divulguer sa situation familiale. Nous restâmes assis là quinze bonnes minutes tandis que je récitais l'entière romance gay de Soren et Felix pour qu'elle prenne vie. Quand je fus à court de mots, mon amie se frotta les yeux et me gratifia d'une étreinte chaleureuse. Elle sentait la brume corporelle à la mangue. Je la serrai contre moi, ignorant les regards de quelques élèves qui passaient à côté de nous.

— Je suis désolée de t'avoir sauté dessus, dit-elle avant de reculer pour me regarder dans les yeux.

Ses joues étaient mouillées.

— Et je comprends totalement pourquoi vous gardez ça secret. Je promets que je n'en dirai pas un mot à qui que ce soit. Mais la prochaine fois, s'il te plaît, fais-moi suffisamment confiance pour tout me raconter.

— C'est le cas ! J'ai totalement confiance en toi, mais c'est juste… bizarre. Je devais gérer mes propres conneries, tu vois ? Comment pouvais-je trouver ce mec canon alors qu'il se comportait comme un vrai salopard ? On a plus ou moins… eh bien, on a arrangé les choses. Il a traversé des épreuves, Court, genre des épreuves majeures.

— Oui, je sais que son père a fait une crise cardiaque.

Elle se tapota les joues pour les sécher tandis que je laissais mon bras autour de ses épaules.

— Ça n'était qu'un événement parmi d'autres. Ils se passent d'autres trucs dont je ne peux pas te parler parce qu'il me les a confiées. Mais il reprend ses esprits. Il est totalement différent quand on est ensemble.

Elle me lança un sourire tremblotant.

— Felix et toi. C'est… waouh.

Elle imita une explosion autour de ses tempes. Je ricanai légèrement.

— Mais je l'accepte, tant qu'il te traite correctement. S'il recommence à se comporter comme un salaud, dis-le-moi. Je le couperai comme du petit bois.

Cette fille était mortelle avec une crosse de hockey sur gazon. Je l'avais vu jouer, alors je ne doutais pas qu'elle briserait des tibias si nécessaire.

— Tu es en colère contre moi ? fus-je obligé de demander.

Elle secoua la tête.

— Non. Je n'ai jamais été en colère.

Je haussai un sourcil.

— D'accord, j'étais en colère, mais j'étais vraiment confuse et blessée. Maintenant, je comprends. Et quand il sera prêt à faire son coming-out, je le soutiendrai. Il doit encore travailler sur lui-même pour devenir un humain décent, mais s'il essaie, alors je veux bien lui laisser un peu de place pour qu'il puisse perdre son statut d'enfoiré.

— Tu es une bonne amie, dis-je en l'enlaçant fermement.

— Tu le sais bien. Bon, rentrons avant que mes tétons gèlent et tombent.

Elle préférait *tellement* l'été.

TROIS JOURS PLUS TARD, l'équipe était réunie sur la glace et écoutait mon père.

Parfois, il était encore assez irréel d'être le fils d'une légende. Certaines personnes essayaient de devenir amis avec moi uniquement pour pouvoir parler avec Tennant. Ce qui était nul. Quelques-uns avaient réussi, peu de temps après mon adoption, mais j'avais rapidement appris à repérer les signes annonciateurs. Désormais, mes amis étaient *mes* amis, et bien qu'ils soient éblouis par cette star la première fois, ils s'en remettaient rapidement. Ten n'était qu'un père, après le premier instant d'hébétement.

— … souvenez-vous toujours que peu importe ce que vous voulez réussir dans votre vie – que ce soit le hockey, devenir médecin, élever des animaux ou devenir artiste –, vous devez vous lancer en étant déterminé à être la meilleure version de vous-même. Si vous travaillez avec des porcs, alors essayez d'être le meilleur éleveur porcin possible. Si vous voulez poursuivre votre rêve en devenant athlète professionnel, alors assurez-vous d'être à cent pour cent sur la glace, chaque fois. Mes frères et moi…

Je me déconnectai légèrement pendant que Ten parlait aux adolescents agenouillés à côté de lui. Mon père savait nous motiver, mais j'avais déjà entendu ce discours, ou du moins un discours similaire, par le passé. Faites-moi confiance. Quand vous viviez avec deux joueurs de hockey, chaque repas était saupoudré de citations d'Herb Brooks. Ainsi, pendant que Ten blablatait, mon attention dériva vers Felix. Ses cheveux qui bouclaient autour de ses oreilles, les différentes teintes de bleu dans ses yeux, la forme puissante de sa mâchoire, la longueur de son cou. J'étais vraiment accro à lui. Il sentit que je l'observais et il me jeta un timide coup d'œil qui me fit un drôle d'effet. Mon sexe commença à s'éveiller. Ne souhaitant pas bander pendant que je portais une coque de protection, je dus détourner mon attention. Lorsque je reposai les yeux sur mon père, debout au milieu d'un cercle de jeunes joueurs de hockey, il parlait, mais son regard était rivé sur moi.

Sachant qu'il m'avait vu reluquer Felix, je baissai la tête pour observer mes lacets. Le discours s'acheva et de petites explications pratiques arrivèrent ensuite pour que

Ten nous montre certaines de ses techniques sur la glace. Comment attirer un gardien d'un côté, puis faire une feinte de l'autre ? Comment se servir de sa tête pour tromper un gardien ? Et d'autres choses de cette nature. Toutes ces astuces étaient certainement utiles pour le hockey, mais mon esprit était ailleurs. Je m'étais décidé à inviter Felix au bal. Peut-être. Merde. Comment pouvais-je le faire ? *Argh*.

Je demeurai indécis pendant ma douche. Lorsque je retrouvai Ten sur le parking, le soleil se couchait et le ciel était clair comme du cristal.

— La première chose dont nous parlera papy quand on rentrera à la maison, c'est le givre sur les citrouilles, me dit papa tandis que nous rangions mon équipement dans son SUV.

— Probablement, répondis-je.

Les citrouilles gelées étaient un sujet de conversation depuis une semaine, maintenant, avec mon grand-père. Visiblement, les citrouilles givrées étaient un thème important quand on dépassait la soixantaine.

Je m'enfonçai sur le siège de cuir, fatigué, confus et excité. Je tentai de prendre part à la discussion avec mon père tandis que nous roulions jusqu'à la maison. Il me rappela qu'ils allaient passer une nuit à Buffalo, mais qu'ils seraient de retour pour Halloween, ce qui était une grande nouvelle pour Milo et Lottie. Tout le monde avait un déguisement du Mandalorian, cette année. Lottie était bébé Yoda et Milo se déguisait en Din Djarin. Nos deux papas étaient Boba Fett et Moff Gideon. Notre maison était le repère des geeks. Et j'étais totalement partant. Ainsi, pendant qu'ils seraient en train de faire la chasse aux bonbons, je serais au bal, seul ou avec Felix, ou bien je me morfondrais à la maison tout en distribuant des Snickers. Bon sang, il était difficile de sortir avec un mec qui était encore dans le placard. Cela valait la peine, mais c'était difficile.

— ... après le dîner ? demanda Ten quand il se gara dans notre allée et coupa le moteur.

— Bien sûr, oui.

J'ignorais totalement ce que je venais d'accepter, mais ça ne pouvait pas être si horrible. Il m'avait probablement rappelé de sortir la poubelle. Oui, la vie chez les Rowe-Madsen était tout en glamour.

Milo nous retrouva à la porte, sa lèvre inférieure tremblante. Je pris le relais et vins l'ébouriffer avant de le guider dans le salon pour que nous nous asseyions. Il semblait réagir plus rapidement avec moi qu'avec quiconque, quand il était nerveux.

— Que se passe-t-il, mon pote ? demandai-je en retirant ma veste, puis mes Vans.

— Je dois faire un exposé sur notre famille et...

Il s'arrêta et observa la pièce d'un air inquiet avant de se reconcentrer sur moi.

— Est-ce qu'ils veulent dire notre nouvelle famille, les anciennes familles qu'on a eues, ou notre vraie mère ?

Génial. Oui, je comprenais pourquoi il était confus. Je tapotai le canapé et il bondit dessus avant de se coller contre moi comme il le faisait toujours lorsqu'il était en colère. Je lui caressai le dos tandis qu'il mordillait l'ongle de son pouce. C'était déjà mieux, car lorsqu'il était petit et stressé, il le suçait encore, mais il n'était toujours pas tendre avec les cuticules.

— Je parie qu'ils veulent parler de notre nouvelle famille. Tu sais, c'est notre unique vraie famille.

Légalement et émotionnellement. Nos papas sont nos papas et les familles temporaires que nous avons eues avant n'étaient que des tuteurs, le temps que le bon couple vienne nous chercher. Un peu comme Din Djarin, qui était orphelin et qui a été élevé par les Mandalorians. Tout comme nous, il était un enfant trouvé et il a été sauvé par des combattants super cool. Sauf que nos héros à nous ont des patins, au lieu de propulseurs dans le dos.

— Les propulseurs sont trop cool, chuchota-t-il autour de son ongle.

— Carrément, concédai-je avant de l'ébouriffer.

La discussion se mua alors en match de lutte que je le laissai gagner, rien que pour le voir sourire.

Nous mangeâmes avec nos grands-parents et papy nous parla de cucurbitacées congelées. Mamie demanda si je m'étais entraîné au piano, dernièrement, tout en nous servant son succulent gratin de pâtes au thon.

— Non, pas dernièrement, répondis-je tandis que Lottie récupérait des petits pois et tentait de les donner en douce à Gordie. Je promets de le faire ce week-end.

— Bien. Je sais que ça paraît idiot, mais si ça ne fonctionne pas avec le hockey, tu pourras te reposer sur d'autres compétences. Tu sais que seul un joueur sur quatre mille rejoint la NHL, alors il est plus sage d'avoir plusieurs plans de secours pour l'avenir, m'expliqua mamie tandis que Ten et Jared me lançaient des regards étranges.

— Je serai un Jedi quand je serai grand, annonça Milo après avoir aspiré ses nouilles.

— Moi aussi, je serai un Jedi, répliqua Lottie.

À ce moment même, le chien lui vola sa cuillère et s'enfuit avec. Elle commença à pleurer, le chien gémit et rapporta la cuillère qu'il plaça sur les cuisses de la petite. Papy se leva pour aller lui en chercher une propre. Les dîners en famille ne me décevaient jamais.

Une fois que la table fut débarrassée et que j'eus aidé à nettoyer la cuisine, j'allai dans ma chambre pour étudier et me morfondre un peu plus. Enfin, peut-être que morfondre n'était pas le mot exact. Je n'étais pas triste. Un peu. Je ressentais cette envie brûlante d'être avec Felix. D'être fièrement avec lui. En tant que couple. Je pensais que nous étions un couple lié. Nous l'étions peut-être déjà. J'avais l'impression que nous pourrions l'être si...

On frappa doucement à ma porte, ce qui me fit lever les yeux de mon devoir de chinois que je n'étais pas en train de faire.

— Oui.

Mes deux pères entrèrent, et vu leur tête, on aurait dit qu'ils avaient des gaz. Je n'avais pas remarqué que le gratin de pâtes au thon était si provocateur de flatulences, mais après tout, ils étaient assez vieux. C'était peut-être à cause des petits pois ? Je savais que Jared avait tout un tas de gaz puants quand il mangeait des brocolis crus.

— On peut venir te voir un moment ? demanda-t-il.

Je hochai la tête, roulai sur le côté, puis m'assis quand ils fermèrent la porte et s'installèrent de chaque côté du lit.

— J'ai fait quelque chose de mal ? demandai-je immédiatement.

Une petite inquiétude, à l'idée qu'ils me disent qu'ils en avaient assez de moi, s'éveilla. C'était idiot, oui, et nous étions légalement une famille, à présent, mais les vieilles habitudes avaient la vie dure.

— Non, bien sûr que non, dit Jared en baissant les yeux vers mon devoir de chinois.

Il regarda ensuite son époux et se tourna une nouvelle fois vers moi.

— Pas du tout. C'est juste que… Eh bien, Tennant a trouvé que tu étais distrait, quand il a rendu visite à ton équipe, cet après-midi.

Je regardai Ten.

— Non, non, je n'ai pas dit ça. Pas exactement, se hâta-t-il de se justifier. J'ai juste… Eh bien, j'ai remarqué que Felix Maxwell-Sinclair et toi, vous vous jetiez des coups d'œil. Et j'ai senti qu'il était peut-être temps pour ton père et moi d'avoir une discussion avec toi.

Oh. Oh non. Oh non, s'il vous plaît.

— Hmm, quel genre de discussion ?

— Eh bien, celle sur le sexe, répondit Jared.

Je ressentis alors le besoin écrasant de ramper sous mon lit.

— Bon, on sait que tu as seize ans. Et que tu as l'impression de tout savoir sur ce qui concerne l'intimité. Nous sommes convaincus que tu en sais plus que nous, à cet âge-là.

— Parle pour toi, marmonna Ten.

Jared le fusilla du regard.

— Quoi ? Je savais déjà ce qui rentrait dans quel trou quand j'avais une dizaine d'années. J'avais deux frères aînés. En plus, ce n'était pas comme à l'époque où *tu* étais gamin et que tu devais obtenir des informations du crieur public.

Un éclat de rire m'étrangla. Jared soupira tandis que Ten me gratifiait d'un clin d'œil ironique.

— Bref, poursuivit Jared. Tu sais que tu peux nous poser toutes tes questions, n'est-ce pas ? Nous n'avons pas du tout prévu de te montrer des schémas et…

— Merci mon Dieu, l'interrompis-je.

Ils sourirent tous les deux.

— Nous voulions juste que tu saches que nous sommes là. Si tu as des questions à ce sujet. Le sexe hétéro et gay. Peu importe. Et, c'est aussi important, nous sommes heureux de t'acheter des préservatifs si tu es sexuellement actif.

Ten releva une jambe pour se retourner et se mettre face à moi.

— Je sais que ça peut être gênant d'entrer dans la pharmacie Hennessey et de demander des capotes et du lubrifiant.

Je sentis mon visage se réchauffer. J'avais carrément essayé de le faire, pas plus tard que la semaine dernière. Et j'avais échoué. Terriblement échoué. Il était hors de question que je me dirige vers le vieux Hennessey et que je pose un paquet de préservatifs et un tube de lubrifiant à côté de la caisse. Je préférerais encore me masturber pour toujours. Non, c'était un mensonge. Ce n'était pas du tout ce que je préférerais.

— Il n'aura peut-être pas besoin de lubrifiant, s'il sort avec une fille, lui fit gentiment remarquer Jared. Mais j'imagine que ça dépend de ce qu'ils font.

Tuez-moi maintenant.

— Bien sûr, oui, mais les regards que j'ai vu passer entre Felix et lui suggéraient qu'il est intéressé par un mec, en ce moment, poursuivit Ten. Si c'est le cas, alors un jour, ils voudront faire des expériences et ils auront besoin de lubrifiant pour…

— D'accord, hé, waouh, c'était incroyablement informatif, et j'adore l'idée que vous soyez si cool à propos de tout ça, mais si on continue de parler d'anal, je vais me faufiler sous mon lit et vivre parmi les moutons de poussière pour toujours.

Ils me dévisagèrent un moment, rougirent et se levèrent.

— Cool, on a compris. Souviens-toi que nous sommes là, si tu as besoin de quoi que ce soit, ou si tu as simplement besoin de parler. Notre porte t'est toujours ouverte, fils.

Jared tendit la main pour me tapoter gentiment la joue avant que Ten – qui me fit un signe de la main comme pour me dire *tu gères* – et lui me laissent seul.

Retombant sur le lit, mes joues toujours chaudes, je gloussai en réalisant que c'était ma vie. Mon portable pépia alors. Je le retrouvai sous mes fesses et sentis cette vague d'émotions familière quand je constatai que c'était un appel de Felix.

Je me hâtai de le transférer sur mon ordinateur portable, impatient de voir ses jolis yeux. Lorsqu'il apparut, je fus tétanisé un moment. Un moment totalement stupide et idiot. Le voir me sourire rendait mon cerveau apathique. C'était probablement dû au fait que tout le sang situé sous ma ceinture se précipitait vers le sud. Avant même qu'il puisse me dire bonjour, je laissai échapper sept mots que je n'avais pas eu l'intention de prononcer.

— Veux-tu aller au bal avec moi ?

Chapter Dix-Huit

Felix

MON MONDE AVAIT ÉTÉ BOULEVERSÉ ET RENVERSÉ À PLUSIEURS reprises, dans ma vie, mais rien n'avait tant fait grandir mon cœur dans ma poitrine, au point où je croyais qu'il pourrait exploser.

— Tu n'es pas obligé de répondre maintenant, ajouta Soren aussi rapidement que lorsqu'il m'avait posé la question.

Le fait qu'il m'invite au bal était un bouleversement d'un tout autre genre, car il ne s'agissait pas simplement d'un oui ou d'un non. Je devrais faire mon coming-out devant toute l'école, on me pointerait du doigt, on m'insulterait, je deviendrais vulnérable aux attaques. Je devrais le dire à mon père, qui n'était toujours pas rétabli à cent pour cent, puis associer mon homosexualité à ce à quoi ressemblerait notre nouvelle vie de famille.

Soren avait tant d'espoir que ses lèvres se recourbèrent dans un sourire. Son expression deviendrait seulement compréhensive, si je disais non, car il était ce genre de personne. Il acceptait les refus et ne les laissait pas saper toute sa vie.

Je pouvais dire non.

Il se passait tant de choses dans ma tête que je devrais sans doute dire non.

— Oui, lançai-je.

Le sourire de Soren s'élargit et l'écran bougea lorsqu'il leva le poing avant de reprendre son sérieux.

— Mais on devrait en discuter.

— Non. Non, on ne va pas le faire, répliquai-je. On ne va pas discuter, on ne va pas réfléchir. Ce n'est rien d'important. Ce n'est rien d'immense. Je vais simplement à un bal avec une personne que j'aime beaucoup et… ouais.

— Tu m'aimes beaucoup ? chuchota Soren en se penchant au-dessus de son écran ce qui le rendit flou. Ou est-ce que tu *m'aimes beaucoup* ?

— N'abuse pas, Rowe, rétorquai-je.

Soren retomba sur son oreiller.

— Peu importe, Sinclair, répondit-il en souriant avant de redevenir sérieux. Comment va ton père ? C'est la première chose que j'aurais dû te demander.

— Il est grognon à l'idée de devoir lever le pied, mais il va bien.

— Tant mieux, répondit Soren.

Il devint alors très silencieux et une part de moi se disait qu'il était sur le point de retirer son invitation pour le bal. Mon ventre dissimulait une tonne de papillons et je réalisai alors comme ce serait merdique s'il m'annonçait qu'il plaisantait ou qu'il avait changé d'avis. Je le méritais pourtant, après lui avoir dit certaines choses vraiment blessantes.

— Je suis désolé, ajoutai-je. J'aime vraiment tes pères et je suis désolé pour ce que je t'ai dit, les concernant.

Il fronça les sourcils et j'aurais aimé ne rien dire du tout.

— Je sais, répondit-il simplement. Je ne t'aurais pas invité au bal si je ne le savais pas.

— Oh.

— J'allais te demander… tu n'es pas obligé, car c'est un truc de famille, et je crois que mon demi-frère sera là aussi et tu ne l'as pas rencontré, mais…

— Ryker, il joue pour l'équipe d'Arizona.

— Oui, il est cool, mais écoute… c'est mon anniversaire dans deux jours. Tu aimerais venir à ce… cette fête qu'organisent mes parents ? La famille viendra en nombre et ça commence à quatorze heures. Ils ont dit que je pouvais inviter qui je voulais et c'est ce que j'ai fait. Tyler sera là et, bien sûr, Court et tous les autres, tu vois. Je vais envoyer un message à l'équipe, mais avant ça, je voulais personnellement *t'*inviter, pour que tu ne croies pas que tu fais juste partie d'un groupe de discussion.

Il sembla hésitant, comme si cette question était plus difficile que de m'inviter au bal d'Halloween.

— Felix ? insista-t-il.

Je n'eus pas besoin d'être un expert pour savoir que je gâchais tout en ne répondant pas immédiatement.

— Bien sûr. J'adorerais, dis-je rapidement. Je pensais juste à ce que je pouvais t'acheter comme cadeau.

— Contente-toi de venir. Et, peut-être, de m'embrasser ? demanda-t-il avec espoir.

— Je peux le faire.

Nous nous tûmes alors tous les deux, comme s'il ne

nous restait que des émotions incluant des sourires idiots. Nous nous souhaitâmes ensuite rapidement une bonne nuit et je serrai l'écran contre mon torse en fermant les yeux. J'étais si excité, nerveux, heureux et… Je ne savais que faire de mes émotions. J'avais aussi horriblement faim. Je posai prudemment l'ordinateur portable sur mon bureau, le calai dans un coin et le regarda un long moment. Je me demandais ce que Soren faisait, en ce moment. Était-il aussi excité que moi ? Était-il nerveux ? Mon ventre gronda, me rappelant que j'avais déjà décidé que manger une friandise de minuit était une priorité – d'accord, il n'était pas minuit, mais n'importe quelle heure après vingt-deux heures semblait compter comme telle. Je me dirigeai vers la cuisine et allumai une lumière, éclairant le plan de travail. Je vis alors mon père cligner des yeux devant moi, comme s'il avait été assis dans le noir, pour une raison que les adultes étaient les seuls à connaître. Je crus comprendre pourquoi quand je jetai un coup d'œil à toutes les annonces immobilières, étalées devant lui.

— Salut, fils, dit papa en rassemblant les feuilles imprimées en une pile nette. Je vais te faire de la place.

— C'est bon, papa. Je voulais juste grignoter quelque chose.

— Phoebe a laissé de la tarte, si tu veux la réchauffer. Il y a aussi de la glace, me dit-il en me jetant un coup d'œil empli d'espoir.

— Tu es en train de me dire que tu veux de la tarte ? lui demandai-je d'un air impassible.

Ses lèvres se recourbèrent dans un sourire.

— Eh bien, je ne voudrais pas que tu manges tout seul et ce que ma diététicienne ne sait pas ne peut pas lui faire de mal.

Je coupai deux parts de tarte, la sienne plus petite que la mienne. Je les réchauffai au micro-ondes, puis récupérai la glace et des fourchettes. Je plaçai une assiette devant papa, puis m'installai sur le tabouret en face du plan de travail. Je tendis la main vers les annonces immobilières.

— C'est l'une des maisons que tu étudies potentiellement ?

Je jetai un coup d'œil à la feuille tout en prenant ma première bouchée de pommes et de pâte feuilletée. Cet endroit semblait assez sympa, plus petit qu'ici, mais s'il n'y avait que papa et moi, puis uniquement papa quand je partirais à l'université, c'était idéal.

— Oui. C'est difficile de prendre la meilleure des décisions, comme j'ai fini par aimer cette maison.

— Tu veux dire, même si c'était l'idée de maman de l'acheter ?

Je soufflai, mais mon père me jeta un coup d'œil et sembla peiné.

— Je ne vais pas critiquer ta mère, Felix. Après tout, elle m'a permis de t'avoir et je t'aime.

Il baissa les yeux et ses joues rougirent. Il était réellement embarrassé de m'autoriser à voir cette part de lui. C'était douloureux.

— Moi aussi, je t'aime, papa, répondis-je.

Il me sourit.

— On peut discuter une minute ?

— N'est-ce pas ce qu'on est déjà en train de faire ? demanda-t-il d'un air perplexe en mangeant une bouchée de tarte.

— Je veux dire, discuter de choses importantes.

Il arrêta de manger et posa sa fourchette sur l'assiette.

— Bien sûr. Je sais que le divorce, c'est difficile pour les enfants, et si je peux faire quoi que ce soit pour éviter que tu t'inquiètes, on pourrait…

— Je suis gay, papa, laissai-je échapper.

Il cligna des yeux en me regardant, tout comme lorsque j'avais allumé les lumières, comme s'il ne pouvait se concentrer sur mon visage.

— Je le sais depuis un moment, maintenant, mais je l'ai enfoui, carrément enfoui, tout au fond de moi. Sauf que j'ai rencontré quelqu'un et qu'il est…

— Il est quoi ? insista papa.

— Il est juste parfait. Pour moi, je veux dire. Non, en fait, il est parfait en général.

— C'est un garçon de l'école ?

Étais-je prêt à partager le nom de Soren ? Eh bien, j'imagine qu'il allait finir par le découvrir, tôt ou tard. *Quand faut y aller.*

— C'est Soren. Soren Madsen-Rowe.

Papa me dévisagea et l'espace d'un moment lugubre, je m'attendis à un sermon. Je ne pouvais imaginer la souffrance que m'aurait infligée ma mère à ce moment pour cette *décision*.

— Depuis combien de temps sais-tu que tu es gay ? me demanda prudemment papa.

— Quelques années, maintenant. Je ne sais pas exactement.

Quelle direction prenait cette conversation ?

— C'est ma faute ? me demanda papa.

Mon monde entier fut une nouvelle fois bouleversé. Cependant, cette fois-ci, la déception fut si grande que je n'en voyais même plus les contours. Était-il en train de dire qu'il m'avait rendu gay, d'une manière ou d'une autre ? C'était quoi ce délire !?

— Je suis né gay, papa ! hurlai-je.

Il fut instantanément horrifié.

— Non ! Attends, bien sûr que tu es né comme ça. Bon sang, je m'y prends mal.

Il recula son tabouret, qui tomba contre le fourneau. Il contourna ensuite rapidement le plan de travail et écarta les bras.

— Ce que je veux dire, c'est que je suis désolé d'avoir été un père si merdique au point où tu n'as pas pu me l'annoncer plus tôt. C'est ma faute et je suis vraiment désolé.

Je pris un moment pour tout encaisser. Il ne me disait pas qu'il m'avait rendu gay, simplement qu'il croyait que je lui avais caché ce secret à cause de la relation qui s'était développée entre nous. Je le gratifiai d'une véritable étreinte père/fils et il me serra contre lui. Il m'éloigna ensuite.

— Je suis tellement fier de toi, me dit-il alors que son regard brillait d'émotions. J'aime beaucoup Soren. J'imagine que je devrais discuter avec ses pères et... attends...

Il parcourut la cuisine du regard.

— J'ai des préservatifs, mais est-ce qu'on a des bananes ? Il faut que je te parle de certaines choses.

— On ne va pas avoir *la* conversation, dis-je en lui souriant et en feignant de lui donner un coup de poing dans le bras.

Il m'étreignit à nouveau.

— Je t'aime, Felix. J'aime que tu me l'aies dit.

Et je l'aimais parce qu'il m'aimait et qu'il aimait aussi la personne que je devenais.

Mais plus que ça, j'aimais le fait que nous n'ayons pas

de bananes.

———

ARRIVER chez Soren fut comme entrer dans le quartier général du hockey. Je reconnus tant de joueurs des Railers de Harrisburg, qui discutaient çà et là, et je réussis à éviter toute conversation avec eux lorsque je me glissai sur le côté pour rejoindre Tyler.

— Salut, lui dis-je.

Il sursauta tant qu'il renversa son soda et cria.

— Désolé, je croyais que tu m'avais vu arriver, m'excusai-je.

Il grimaça.

— Ouais.

Il n'en dit pas plus et sembla se retirer encore davantage dans l'alcôve qu'il avait trouvée entre deux armoires à trophées. Les deux vitrines ne contenaient aucune coupe, ou du moins, s'il y en avait, elles étaient cachées derrière des photos de Soren, Milo et Lottie, ainsi que des clichés de l'ailier des Raptors de l'Arizona, Ryker, le demi-frère de Soren grâce à leur père Jared. Avoir des frères et sœurs – adoptés ou non – devait être cool. Être lié à de véritables stars devait l'être encore plus.

— Tu as vu Soren ? demandai-je à Tyler.

Il secoua la tête et se recroquevilla encore davantage quand deux grands joueurs de hockey éclatèrent de rire et titubèrent en arrière pour empiéter sur notre espace. J'ignorais ce qu'il se passait, mais je mis un bras autour des épaules de Tyler et l'encourageai à traverser la foule et le jardin. Nous nous dirigeâmes directement vers Milo et Lottie, ainsi qu'un mec aux cheveux frisés qui nous tournait le dos. Ils étaient tous les trois dans un bac à sable et construisaient un immense château orné de minuscules drapeaux. Dès que nous arrivâmes à leur hauteur, Tyler se détendit comme si un poids avait glissé de ses épaules. Le mec avec les cheveux bouclés n'était autre que le beau joueur ouvertement gay de la NHL, Ryker, le frère aîné de Soren. Son unique défaut était qu'il jouait pour une équipe que je ne suivais pas, mais je le connaissais, et lorsqu'il nous sourit, ce fut comme si je regardais le soleil.

— Salut, Tyler, dit Ryker-le-soleil.

Il cogna le poing de mon coéquipier avant que celui-ci s'accroupisse pour travailler sur le château.

— Salut...

— Felix, répondis-je en tendant la main pour serrer la sienne.

Ryker écarquilla les yeux, avant de me prendre la main et de m'attirer dans une étreinte en biais.

— Le mec du bal d'Halloween, annonça-t-il en scrutant le jardin. Soren !

Je remarquai Soren trottiner sur la vaste pelouse avec un large sourire. Il dérapa en s'arrêtant devant moi.

— Salut, me dit-il timidement avant de m'enlacer.

— Joyeuse fête d'anniversaire en retard, chuchotai-je à son oreille.

L'étreinte se prolongea encore et encore. J'inhalai son odeur – un mélange de parfum et de l'air extérieur – et j'eus envie que l'étreinte se prolonge indéfiniment, mais c'était impossible. De plus, j'étais enlacé alors que je me tenais face à son demi-frère qui nous observait prudemment. Ryker savait-il que je m'étais comporté comme un salopard ? Se rendait-il compte que j'étais encore un travail en cours ? Savait-il que j'avais frappé

Tyler et que j'avais essayé de rendre minable la vie de Soren ? Savait-il ce que j'avais dit à propos de ses pères ?

Ryker poussa Soren.

— Allez-vous-en et passez cet anniversaire comme il se doit.

Il retourna jouer dans le sable et ce ne fut qu'à ce moment qu'il leva les yeux.

— Papa a eu *la* discussion avec toi ?

— Quelle discussion ? demanda Lottie avant de nous dévisager.

— Ce n'est rien, Lottie, répondit immédiatement Ryker en lui couvrant les oreilles. Est-ce qu'il l'a fait ?

— Oui, répliqua Soren.

Ils ricanèrent tous les deux.

— Au moins, toi, tu n'avais que ton père, moi j'ai eu les deux. C'était terriblement gênant.

Nous commençâmes à nous éloigner.

— J'ai un cadeau à t'offrir, murmurai-je. Ce n'est pas grand-chose, mais je sais que ton joueur de hockey préféré est…

— Pas ici, viens avec moi. J'ai quelque chose à te montrer.

Il me prit la main et se fraya un chemin au milieu de sa famille et de ses amis, s'arrêtant de temps en temps pour bavarder, alors que je restais à ses côtés. Chaque fois, il me présentait comme étant son petit ami et pas une seule personne ne cilla. À vrai dire, je reçus des étreintes et des salutations. Je ressentis de plus en plus qu'ils se trompaient tous, car ils ne savaient pas qui j'étais véritablement. Je tentai de libérer ma main de celle de Soren, mais il me tenait si fort, captivé par l'amour et les sourires de sa famille et de ses amis, tandis que je ne ressentais qu'un besoin de m'échapper. Lorsque je crus que j'allais peut-être le tacler au sol, il me fit passer par un portail et me mena au garage. Je n'avais jamais été plus soulagé de ma vie que lorsqu'il ferma derrière nous, contenant ainsi toute cette folie. Je me penchai et repris mes esprits. Après un instant, Soren se baissa et observa mon visage.

— Tu vas bien ?

— Savent-ils tous ce que j'ai dit ? Savent-ils ce que j'ai fait ?

Il jeta un coup d'œil au portail avant de se retourner vers moi.

— Non. Seulement mes pères. Et ils comprennent.

— Ils comprennent quoi ?

Soren haussa les épaules.

— Ce que c'est d'être un enfant. La vie.

Cette réponse était si simple, alors qu'il s'agissait d'une équation des plus compliquées. Curieusement, elle était logique, mais ça ne me tirait pas d'affaire. J'eus plutôt envie de devenir une meilleure personne, de prendre cette vie que j'avais foirée et de la changer. Soren me donnait envie d'être meilleur et je voulais mériter sa confiance.

— Bref, regarde ! dit Soren en faisant un signe vers l'allée. Ma voiture.

J'avais imaginé un véhicule flambant neuf, avec un grand nœud écarlate, tout comme ma mère l'avait fait avec moi. Le véhicule intact se trouvait dans le garage, juste à côté de la Mercedes de mon père que je pouvais conduire quand je le souhaitais, comme il me l'affirmait. Néanmoins, ici, je vis plutôt une vieille Prius bleu pâle, sans plaque d'immatriculation customisée, sans nœud papillon et avec quelques rayures.

— N'est-elle pas belle ? demanda-t-il en m'attirant vers lui et en caressant le capot. Mes pères ont doublé la somme que j'ai économisée en faisant des corvées, du babysitting, du jardinage, ce genre de choses. Et puis, avec tout l'argent que j'avais mis de côté grâce à mon anniversaire, j'ai réussi à trouver suffisamment de fonds pour l'acheter à l'un de leurs amis. Qu'est-ce que tu en penses ?

Que pensais-je de la vieille Prius probablement très raisonnable et sûre ? Je pensais qu'elle avait été obtenue grâce à l'amour et à l'affection, et je l'adorais. Je mourais d'envie de connaître ça et j'eus envie de pousser des cris de joie avec Soren, de m'épancher sur cette fichue voiture, puis de pleurer. Je retirai ma main de la sienne.

— Il faut que je m'excuse auprès de tes pères, de Tyler, de Jonah et de Courtney. J'ai besoin d'étreindre mon père et je suis désolé, j'ai simplement besoin de…

Il se hâta derrière moi tandis que je franchissais le portail en courant et me dirigeais vers le dernier endroit où j'avais vu les parents de Soren pour la dernière fois. Je les trouvai au milieu d'un groupe d'hommes et d'enfants. Je me frayai un chemin entre eux – ce n'était pas un bon début, mais j'ignorais comment m'y prendre autrement. Généralement, j'étais sur la défensive et empli de haine, ce qui me donnait du courage, mais j'en étais aujourd'hui dépourvu.

— Je suis désolé, dis-je à Ten qui me sourit avant de se tourner vers Soren qui arriva à ma hauteur et m'agrippa la main comme s'il ne voulait plus jamais la relâcher. Je suis désolé d'avoir utilisé le mot en P. Je suis désolé d'avoir dit que vous aviez fouillé dans les poubelles pour trouver des enfants.

— Qu'est-ce que tu as dit ? demanda quelqu'un.

Mon visage devint écarlate.

— Je suis désolé d'avoir été si tordu, horrible et…

Ma respiration se coupa, puis s'arrêta quand ce *fichu* Tennant Madsen-Rowe m'attira dans une étreinte et me serra contre lui.

— Tout va bien, murmura-t-il. Tu peux respirer, maintenant.

Et à vrai dire, j'eus le sentiment que je le pouvais.

JE M'INSTALLAI dans la Prius avec Soren quand tout le monde fut parti, et j'eus l'impression que nous étions au milieu d'une aventure merveilleuse, alors même que nous restions simplement assis là et observions le garage. Les possibilités étaient infinies : un endroit pour parler, pour conduire quand il le pourrait, et pour échapper à tous ceux qui pourraient nous voir. Le seul petit problème était que Tyler et Courtney se trouvaient sur la banquette arrière et fouillaient dans une boîte de CD qu'ils avaient dénichée sous mon siège. Le fait que Soren m'ait demandé de m'asseoir à l'avant avec lui, pour l'inauguration immobile, était assez cool.

Je me sentais différent. *Spécial.*

— Alors, mon cadeau ? me taquina Soren.

Je clignai des yeux en le regardant et me rendis compte que je ne lui avais pas encore offert son présent. Ce n'était pas grand-chose, mais j'avais pioché dans mon épargne de fuite et je lui avais acheté la meilleure chose que je pouvais trouver. Je mis la main dans la poche de ma veste et en sortis le petit cadeau enveloppé. Il le retourna dans ses mains avant de le secouer, même s'il était évident qu'il s'agissait d'une carte quelconque.

— Tu vas probablement être déçu…

— Non, je ne le serais pas.

Il se pencha et m'embrassa, pour le plus grand amusement de Tyler et Courtney. Puis il déballa son cadeau et dévoila une carte signée par Xander Holden, le capitaine des Rebels de Boston, le premier capitaine ouvertement homosexuel d'une équipe de hockey.

— Je sais que tu n'es pas un fan de Boston, mais je me suis souvenu de ce discours que tu as fait en cours d'anglais à propos de ton héros et c'était…

Il colla une nouvelle fois ses lèvres contre les miennes, saisissant maladroitement mon visage et m'embrassant ardemment. Quand nous nous séparâmes, nous souriions tous les deux.

Nous avions tous les quatre un morceau de gâteau sur une serviette et nous avions également deux immenses saladiers remplis de chips – un pour nous deux à l'avant, un pour eux, à l'arrière. Les sodas étaient frais, la voiture était chaude et comme la plupart du temps lors de cette journée, Soren me tenait la main et nos doigts étaient entrelacés. Je devais rentrer chez moi dans peu de temps, mais pour l'instant, je vivais ce rêve.

Epilogue

Soren

— Comment as-tu réussi à froisser cette chemise à ce point-là ? me demanda mamie en tenant la chemise rose pâle par le col. On dirait que tu l'as roulée en boule, puis que tu l'as lancée dans le panier de linge comme si c'était un panier de basket.

— Elle est tombée du cintre il y a quelques jours, dans le placard, et je ne l'ai pas vue.

Je lui lançai mon regard de chien battu le plus triste.

— Tu peux la repasser pour moi ?

Elle sourit.

— Non.

Je la regardai, bouche bée.

— Je peux *te* montrer comment la repasser toi-même. Il n'y a aucune raison pour qu'un homme ne puisse pas faire son propre repassage. Viens par ici.

Je jetai un coup d'œil à mon grand-père. Il me regarda au-dessus du journal qu'il lisait, des lunettes de lecture sur le bout de son nez. Milo et Lottie étaient fascinés par *The Muppet Show*, l'émission de variétés de la fin des années soixante-dix et du début des années quatre-vingt. Je l'aimais bien, moi aussi. L'homme était un animal.

— Elle a raison. Tous nos garçons savent cuisiner, coudre, repasser et payer les factures, dit papy d'un air compatissant. Moi aussi, je sais le faire. La couture était un apprentissage risqué, mais désormais, je sais très bien repriser des boutons. Tout le reste revient à mon adorable femme.

— Beau parleur. Viens ici et sortons le fer à repasser, m'intima mamie.

Elle me guida vers la buanderie où, *ô surprise*, une planche à repasser était suspendue au mur. Elle était un peu poussiéreuse.

— Bon sang, tes pères ne repassent jamais ?

— Pas vraiment. Je crois que c'est un truc de l'ancien temps, commentai-je en m'asseyant sur la machine à laver pour voir comment cela fonctionnait.

Mamie leva les yeux au ciel.

— Je le crois vraiment, insistai-je. Personne ne sait repasser.

— Eh bien, il y a certaines aptitudes que tout le monde devrait avoir. Savoir repasser une chemise de costume en fait partie.

Elle me tendit le vêtement, ouvrit la planche à repasser tel un ninja avant de tendre la main au-dessus du lave-linge et du sèche-linge pour récupérer le fer sur l'étagère. Lui aussi, il était couvert de poussière.

— Et si tu as un entretien d'embauche et que tu dois avoir l'air bien mis ?

— La plupart des entretiens se font en ligne, répondis-je.

Je l'observai avec peu d'intérêt quand elle brancha le fer avant de me jeter un coup d'œil.

— Quoi ? C'est vrai. Mais je comprends ce que tu veux dire.

— Bien. Tous les jeunes hommes doivent savoir prendre soin d'eux. Tu ne peux pas t'attendre à ce que ta femme ou ton mari te dorlotent comme ta mère la fait.

Elle écarquilla les yeux.

— Je suis navrée. C'était… Je n'ai pas réfléchi et j'ai utilisé les mêmes répliques qu'avec mes garçons.

— Tout est cool.

Elle semblait dévastée.

— Non, vraiment, tout est cool. Je vois ce que tu as voulu dire et je comprends. Les deux genres doivent savoir s'occuper des tâches domestiques.

— C'est ça.

Elle me pinça brièvement le genou de sa minuscule main avant de me montrer les différentes fonctions du fer et comment les utiliser. Hochant la tête, je l'observai quand elle positionna ma chemise rose et commença à repasser lentement les plis avec un fer brûlant.

— Tout comme il est important de se préparer pour une carrière post-hockey.

— Je ne sais pas vraiment si je vais me lancer dans le hockey, commentai-je.

L'odeur du coton chaud me parvint aux narines. Ma grand-mère me lança un regard surpris, mais continua à repasser.

— Je sais que tout le monde croit que je vais le faire, à cause de mes pères, mais j'envisage de devenir conseiller.

Peut-être de travailler pour les services sociaux et avec d'autres gamins comme Milo et moi.

Elle releva le fer au-dessus du dos de ma chemise et ses yeux s'emplirent de larmes. Oh, génial, j'avais fait pleurer ma grand-mère le soir du bal d'Halloween. Ce soir-là, j'allais entrer dans l'auditorium Chesterford en tenant la main de Felix. C'était la soirée la plus importante de nos vies. Et j'avais fait pleurer ma grand-mère. Étais-je une personne si horrible ?

— C'est une merveilleuse vocation, Soren. C'est tout bonnement merveilleux.

Oh. D'accord, alors il s'agissait de larmes de bonheur. Cool. Ouf. Elle renifla avant de recommencer à repasser.

— Tu es d'une nature si gentille et empathique. Regarde les merveilles que tu as accomplies avec Felix.

— Je crois que Felix a fait tout ce travail sur lui-même, *lui-même*.

— Oh, je n'en suis pas si sûre.

Elle retourna la chemise pour repasser une manche froissée.

— Sans toi, comme étoile pour le guider, il n'aurait peut-être pas vu les erreurs dans sa manière de faire. Un bon et véritable ami peut toujours te guider sur une meilleure voie. Je crois que tu es trop modeste.

Je n'étais pas si convaincu de tout ça, mais c'était agréable à entendre. Elle me lança un petit sourire aimant avant de commencer à me parler de l'amidon à pulvériser. J'ignorais totalement de quoi il s'agissait, mais elle semblait penser que c'était extraordinaire. Une fois ma chemise repassée, je me hâtai de monter à l'étage pour me doucher, raser la légère barbe sombre sur mon menton et enfiler mon costume. Je tournoyai devant le miroir accroché à ma porte et m'examinai sous chaque angle. Oui, j'étais un tombeur. Felix allait tellement s'exciter en me voyant.

COMME C'EST DRÔLE. Quand je vis Felix dans son costume bleu marine, *je* fus excité à cause de *lui*. Cet homme était magnifique.

Honnêtement, il était le plus beau garçon de Pennsylvanie. Je me chargerais de quiconque pensait autre chose. Nous nous retrouvâmes à l'école et ma grand-mère nous accompagna jusqu'à la porte afin de pouvoir prendre environ dix mille photos à envoyer à mes pères qui étaient au Canada pour un road trip. C'était l'un des plus gros inconvénients d'avoir un joueur de hockey professionnel comme parent. Le voyage. Ils manquaient tant de choses importantes. Je savais pourtant qu'ils voulaient tous les deux y assister, ce qui craignait autant – voire plus – que pour moi, Milo et Lottie.

— Oh, pourquoi n'arrête-t-il pas de biper ? demanda ma grand-mère, à la fois confuse et frustrée.

— Attends, répondis-je en riant.

Je me dirigeai ensuite vers elle pour régler l'appareil photo de son portable. C'était une corvée quotidienne avec les anciens. Leur ordinateur portable, leur téléphone ou leur ordinateur de bureau déconnait constamment. À vrai dire, c'était généralement leur faute, mais je ne comptais pas le leur dire.

— D'accord, bon, quand tu fais apparaître l'appareil photo, tu n'as pas besoin de rester appuyée si longtemps. Prends juste la photo comme sur un vieil appareil. Non, non, ça, c'est… non, ça, c'est l'édition, non, maintenant tu essaies de recadrer l'image. Non, d'accord, attends, donne-moi ça une seconde.

Elle me le tendit et me dévisagea comme si j'avais décroché la lune et les étoiles. Honnêtement, avoir une grand-mère et un grand-père était ce qu'il y avait de mieux. Tout comme le fait d'avoir deux pères, un frère, une demi-sœur et un demi-frère, ainsi qu'un tas d'amis cool. Oh, et un petit ami. Un beau petit ami. Le plus beau garçon de l'État. Essayez de me contredire.

— C'est prêt. Maintenant, quand tu nous vois, appuie simplement sur le petit cercle.

Je l'étreignis brièvement avant de repartir vers Felix. Elle nous avait placés sous un chêne que le conseil étudiant avait décoré de petits fantômes en tissu. Personne ne portait de déguisement. Chesterford n'organisait pas ce genre de bal. Ils préféraient les bals de promo semi-formels et décontractés-chics. Felix semblait un peu nerveux, mais il sourit pendant le million de clichés.

— Vous êtes si beaux, tous les deux, dit mamie après avoir envoyé les photos à mes pères et au groupe de discussion Rowe, ce qui prit une éternité à cause du nombre de personnes présente dans ce fil.

J'avais des cousins partout, des filles, principalement, de la Floride jusqu'à Boston, ainsi que Ryker et son mari à l'ouest. *Et* tous les Railers, curieusement, reçurent des photos de moi au bal du lycée. Pourquoi ? Aucune idée, mais c'était ainsi que fonctionnait l'équipe des Railers. La famille. C'était franchement génial.

— Très bien, bon, ton grand-père sera là à vingt-trois heures pour passer vous prendre, tous les deux. Il aime conduire la nuit, beaucoup plus que moi. Je déteste les feux éblouissants sur certaines voitures. Franchement, ils essaient de voir jusqu'au comté suivant ?

Je souris. Felix également. Des étudiants arrivant au bal passèrent précipitamment à côté de nous, le nuage de leur souffle s'élevant devant eux. La plupart se tenaient la main. J'ignorais comment Halloween pouvait être un décor romantique pour un bal, mais j'entendais déjà de belles mélodies s'élever dans la nuit fraîche, chaque fois que quelqu'un entrait.

Nous fîmes un signe de la main à ma grand-mère alors qu'elle repartait vers sa voiture et nous restâmes côte à côte sous le chêne hanté. Je me tournai ensuite vers lui.

— Tu vas bien ? demandai-je.

Mes épaules s'élevèrent jusqu'à mes oreilles quand un vent automnal mordant secoua les minuscules fantômes au-dessus de nos têtes.

— Nous ne sommes pas obligés de le faire.

Il grimaça.

— Non, je suis sérieux, insistai-je. Nous ne sommes pas obligés d'entrer et de faire genre « Regardez-nous, nous sommes un couple ! », si tu n'es pas prêt. On peut carrément zapper ce bal et aller à Hot Pot Noodle pour manger des ramens qui déchirent.

— Tu es très gentil, dit Felix. Mais je veux le faire. Je le veux. Je le jure. C'est juste que… je suis nerveux. Je me suis comporté en salopard avec les autres pendant si longtemps, je faisais des blagues stupides et…

Je posai mon index sur ses lèvres.

— Tu as changé. Les gens le voient. Hé, nous disons et faisons tous des conneries quand nous avons peur et que nous essayons de nous protéger. Je comprends. Les autres le comprennent aussi. Ils accepteront la nouvelle version de toi-même une fois qu'ils verront que tu es super mignon et cool, jour après jour. En plus, soit dit en passant, tu as le mec le plus sexy de toute l'école pour partenaire. Ça les impressionnera sacrément. Ils penseront tous que si Soren Madsen-Rowe est avec ce mec, il doit être génialissime.

Il leva tant les yeux au ciel que je fus surpris qu'ils ne sortent pas de leurs orbites et ne roulent pas dans le collecteur d'eau de pluie à quelques mètres.

— Je dis juste que peu importe ce que tu veux faire, c'est à toi de choisir. Je suis avec toi, quoi qu'il arrive.

Je lui pris la main, embrassai ses articulations, puis restai planté là à me les geler tandis qu'il me dévisageait pendant ce qui me sembla durer des heures.

— Faisons-le.

Il se tourna et monta l'escalier, mes doigts mortellement agrippés aux siens. Dès que les portes furent ouvertes, nous fûmes presque propulsés à l'extérieur par le volume de *Goo Goo Muck* de The Cramps, alors que le corps estudiantin – et quelques professeurs chaperons – entamait la danse de Mercredi. Les spots éclairaient la piste de danse et de la fumée glissait sur le parquet. D'immenses arbres effrayants en papier étaient calés dans les coins et se balançaient quand les ventilateurs soufflaient sur les danseurs. L'école mettait vraiment le paquet pour les bals, inutile de mentir. Le DJ méritait son salaire. Il enchaîna ensuite facilement avec *Howlin' for You* par The Black Keys, une chanson que je connaissais bien, comme elle était sur toutes les playlists de Ten.

Felix rentra directement dans le vif du sujet tandis que la chanson devenait plus lente. Les gens nous observaient, bouche bée, et nombre d'entre eux se penchaient pour se chuchoter à l'oreille et en faire de même avec leurs amis. Nous restâmes plantés là, au milieu de la fumée et des lumières scintillantes, à nous dévisager, alors que j'avais sa main dans la mienne. Je comptais le laisser me guider, comme c'était à lui de se lancer ou de renoncer, selon ses souhaits. Une vieille chanson commença, une chanson que je n'avais jamais entendue par le passé, dans laquelle un mec parlait de regards aguicheurs et de sorcellerie. C'était assez approprié, car j'étais certainement ensorcelé par Felix.

Il ne dit pas un mot. Il se pencha pour poser ses lèvres sur les miennes. Je soupirai pendant le baiser et me décalai pour glisser les bras autour de sa mince carrure. Ça, c'était une déclaration flagrante.

Lorsque nous nous éloignâmes, ses joues étaient rougies et ses yeux brillaient. Courtney, Tyler, le reste de nos amis et de nos coéquipiers se détachèrent des autres danseurs pour nous étreindre tous les deux, afin de nous montrer leur soutien et leur acceptation envers Felix, moi et tous les autres gamins queers qui faisaient ce pas de géant et dévoilaient au monde qui ils étaient au plus profond d'eux-mêmes. Il était courageux et il était à moi.

— Tu es génial, lui criai-je pour être entendu malgré les exclamations quand le DJ enchaîna avec *Monster* de Lady Gaga.

Il s'agissait d'une vieille chanson, bien sûr, mais c'était un bon rythme sur lequel danser.

— Tu veux danser ?

Il hocha la tête et son sourire fut plus large que je ne l'avais jamais vu chez qui que ce soit.

— Je ne suis pas un bon danseur, hurla-t-il.

— Je vais quand même bien t'aimer.

— Je vais bien t'aimer aussi. Beaucoup ! rugit-il avant de commencer des mouvements de danse sincèrement curieux.

Oui, assurément, il était le plus beau garçon ici et mon cœur lui appartenait.

Même s'il avait deux pieds gauches.

Fin.

À suivre pour les Coyotes de Chesterford

UN TERRAIN GLISSANT

Une romance *young adult* sur le thème du hockey, incluant le pardon, une famille, des amis et la découverte de soi pour un étudiant qui doit jongler avec le monde fou et bouleversant qu'est le lycée.

Jonah Robinson s'est véritablement foiré et se racheter ne sera pas facile, quand les autres lui ont déjà attribué l'étiquette du mauvais garçon de l'Académie de Chesterford. Avec l'aide de sa famille et d'un ami spécial à l'école, Jonah est déterminé à arranger les choses avec ceux qu'il a contrariés. La première personne sur cette longue liste de rédemption est Tyler, le joueur le plus brillant de l'équipe des Coyotes, du moins aux yeux de Jonah. Il a pris un millier de photos de lui pour le journal de l'école, mais il va devoir apprendre comment développer autre chose que des négatifs, s'il souhaite se rapprocher de Tyler.

Le père de Tyler Corrigan est parti, mais sa mère est terrifiée à l'idée qu'il revienne et c'est au jeune homme de maintenir sa famille en un seul morceau. Le hockey est son seul répit dans cette réalité, et il est un joueur important des Coyotes de Chesterford. Bien qu'il ne soit pas la personne la plus imposante sur la glace, la vitesse est son superpouvoir et l'équipe l'a soutenu pendant le pire harcèlement qu'il a jamais dû subir. Ses amis lui permettent de se sentir protégé, quand son monde réel est terrifiant, mais personne ne peut protéger son cœur lorsqu'un Jonah maladroit et tordu – l'un de ses harceleurs les plus troublants – se retrouve soudain à chaque coin de rue et veut arranger les choses.

Le pardon peut être impossible à croire, mais le plus important est de suivre son cœur.

Inscrivez-vous pour recevoir le rappel des sorties :
rjscott.co.uk/abonnez-vous-ici

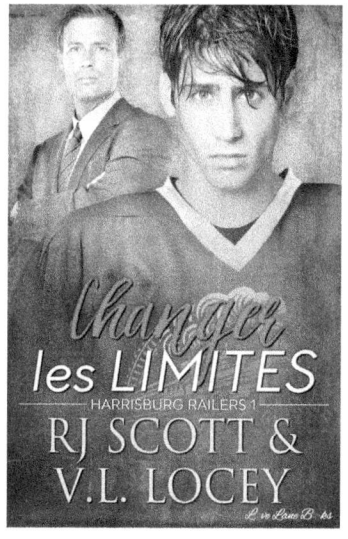

Changer Les Limites (Harrisburg Railers 1)

Tennant peut-il prouver à Jared que l'âge ne représente qu'un chiffre et que l'amour est tout ce qui compte ?

Les frères Rowe sont de célèbres têtes brûlées du hockey, mais en tant que le plus jeune du trio, Tennant a toujours dû jouer contre les réputations de ses frères. Afin de sortir de leurs ombres et refusant de tenir compte de leurs conseils, il accepte un transfert dans l'équipe des Harrisburg Railers, où il se retrouve face à Jared Madsen. Mads, un vieil ami de la famille et ancien coéquipier de son frère. Il se trouve être aussi le nouvel entraîneur de Tennant, et l'homme le plus sexy sur lequel il ait posé les yeux.

La carrière de Jared Madsen a tourné court à cause d'une défaillance de son cœur, et être coach lui permet de rester proche du jeu. Lorsque Ten intègre l'équipe, son monde soigneusement organisé se retrouve en plein chaos. De neuf ans son cadet et frère de son meilleur ami, il sait que Ten est totalement hors limites, pourtant dès qu'il voit ses mouvements, sur et hors de la glace, il sent que son cœur pourrait lui causer de nouveaux problèmes.

Changer Les Limites (Harrisburg Railers 1)

Saga Railers Hockey / Saga Owatonna U

coécrite avec RJ Scott

1. Changer Les Limites (Railers Hockey #1)
2. Première Saison (Railers Hockey #2)
3. Spirale Infernale (Railers Hockey #3)
4. Retour de Bâton (Railers Hockey #4)
5. Dernière Défense (Railers Hockey #5)
6. Ligne de but (Railers Hockey #6)
7. Zone Neutre (Railers Hockey #7)
8. Ryker (en français) (Owatona U #1)
9. Coup du chapeau - (Railers Hockey #8)
10. Scott (en français) - (Owatona U #2)
11. Le grand jour - (Railers Hockey #9)
12. Benoit (en français) (Owatona U #3)

Également par RJ Scott

Pour obtenir la liste complète des ebooks et des liens, scanne le code ci-dessus ou visite le site: rjscott.co.uk/liste-de-livres

Également par VL Locey

Pour obtenir la liste complète des ebooks et des liens, scanne le
code ci-dessus ou visite le site: vllocey.com/translations

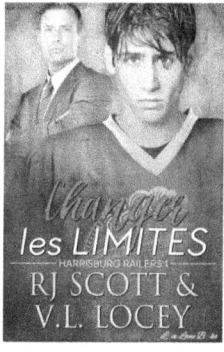

À Propos des Auteurs: RJ Scott

Le but de RJ Scott est d'écrire des histoires avec un cœur romantique, une route sinueuse pour atteindre le bonheur et surtout, ce soupçon de fin heureuse.

RJ est l'auteure de plus d'une centaine de romans publiés et est connue pour écrire des livres avec une fin heureuse.

Elle vit juste à l'extérieur de Londres et passe chaque minute où elle n'est pas avec sa famille à lire ou à écrire.

La dernière fois qu'elle a fait une pause d'écriture d'une semaine, elle a réellement détesté ça. Et elle doit encore trouver une bouteille de vin qui lui résistera.

Website: www.rjscott.co.uk

Newsletter: rjscott.co.uk/NL-FR

---

facebook.com/author.rjscott

x.com/Rjscott_author

instagram.com/rjscott_author

amazon.com/author/rj-scott

bookbub.com/authors/rj-scott

goodreads.com/rjscott

pinterest.com/rjscottauthor

À Propos des Auteurs: V.L. Locey

V.L. Locey aime porter des jeans usés, le yoga, les éclats de rire, marcher, lire et écrire des histoires puissantes, la mythologie grecque, les New York Rangers, les bandes dessinées et le café.

(Pas forcément dans cet ordre.)

Elle partage sa vie avec son mari, sa fille, un chien, deux chats, un tas de poules assorties et deux bœufs Jersey.

Lorsqu'elle n'écrit pas des romances épicées, elle aime passer sa journée avec sa ménagerie dans les collines de Pennsylvanie avec une tasse de café à la main.

———

Website: vllocey.com

Newsletter: vllocey.com/newsletter

———

facebook.com/124405447678452

x.com/vllocey

instagram.com/vl_locey

bookbub.com/authors/v-l-locey

goodreads.com/vllocey

pinterest.com/vllocey

amazon.com/author/vllocey

www.ingramcontent.com/pod-product-compliance
Lightning Source LLC
Chambersburg PA
CBHW070730280626
47159CB00023B/2969